Bruce Toussaint

Dites-lui que je pense à elle

Stock

ISBN 978-2-234-09789-6

À ma grand-mère, Colette Toussaint

Prologue

Juillet 2025, je compose un numéro sur mon téléphone.

Ça sonne.

Une fois, deux fois, trois fois.

Une voix masculine finit par répondre.

« Allô, oui ?

– Bonjour monsieur, vous êtes bien Alfred V. ?

– Oui. Qu'est-ce que vous voulez ?

– Je suis journaliste, je m'appelle Bruce Toussaint et j'écris un livre sur le meurtre que vous avez commis en 1984.

– … »

« Devant moi, marchait Nathalie »

C'est une coupure de journal.

Banale.

Je l'ai retrouvée, par hasard, dans un tiroir, quelques jours après la mort de ma grand-mère, dans la maison de Dieppe que j'aimais tant. Une longère normande, aux briques rouges, bordée de cailloux blancs, dont je revois chaque recoin, chaque meuble, juste en fermant les yeux.

Une maison vide ce jour-là.

C'est la triste réalité des semaines qui suivent un enterrement, on débarrasse entièrement le passé. Et on se répartit les souvenirs d'une vie.

À toi le chandelier, à toi l'horloge, à toi la bibliothèque.

Moi, j'ai sauvé quelques photos, en partance pour la déchetterie. Et donc un article de journal.

J'aimais passionnément cette femme. Comme on chérit sa « mamie ». Mais aussi parce qu'elle m'a transmis tout ce qui a forgé mon éducation culturelle.

La musique, avec une impressionnante collection de 45 tours.

Le septième art, avec les séances au Tricycle à Asnières et les soirées *Mardi cinéma* à la télévision, autour de Pierre Tchernia, et des films de Sautet, Oury, Tati.

La télévision avec les grandes émissions de Bernard Pivot, de Jacques Chancel et de Jacques Martin, ces pionniers qui m'ont donné envie de faire ce métier.

Et puis, la radio, invariablement branchée sur Europe numéro 1, pour écouter la voix de Stéphane Paoli le matin, le grand journal d'André Arnaud à la mi-journée, et les histoires de Pierre Bellemare en tout début d'après-midi.

Les plaisirs simples de la vie.

Comme dans la chanson de Benjamin Biolay :

Si tu aimes la marée basse, mon enfant, mon enfant,
Le soleil sur la terrasse, et la lune sous l'auvent

C'est mon héritage.

Colette Toussaint (1925-2014), jolie femme, aux yeux bleus très clairs et aux cheveux blonds, coupés à la garçonne, a eu trois enfants. Mon père et mon oncle, juste après la guerre. Et puis, bien plus tard, mais à un âge où certaines stars de cinéma accouchent pour la première fois, elle est devenue grand-mère.

À quarante-huit ans, pour être précis.

Cette « filiation » précoce a créé entre nous un lien unique.

Je l'écoutais des heures durant me raconter ses années dans le Paris occupé. Et on riait tellement à courir dans les allées du métro pour rejoindre le quartier des grands magasins qu'elle connaissait comme sa poche.

Quelque chose d'indéfectible nous unissait.

Un peu comme Sophie Marceau et Denise Grey, alias Poupette, dans *La Boum*.

Cette aïeule idéale, j'ai eu la chance de la connaître.

Je lui dois mon premier concert à l'Olympia : Gérard Lenorman en 1983. D'interminables fous rires et de grandes discussions sur le sens de la vie, sur la famille, les amis, le travail, et même sur la mort. C'est l'incroyable force d'une grand-mère parfaite : elle m'a toujours parlé d'égal à égal, ne m'a jamais considéré comme un môme, mais comme une personne.

Il nous arrivait de nous accrocher, par exemple quand elle renouvelait son abonnement au *Figaro Magazine*, alors que je ne jurais que par *Libération*.

Mais c'est bien un extrait de *Paris-Normandie* que je tiens dans mes mains, en ce mois de février 2014, peu après ses obsèques.

Je suis attiré par ce bout de papier, qui comporte une série d'articles et d'images.

Sur une photo, en haut à gauche, on voit six hommes en smoking trinquer au champagne. Ce sont les dignes représentants du syndicat de l'hôtellerie de Seine-Maritime. Ils fêtent le centenaire de l'institution. « À la tienne, René ! » Oui, l'un d'eux s'appelle René.

Sur la même page du journal, daté du jeudi 24 septembre 1987, il y a aussi l'improbable histoire d'une cigogne qui, s'étant posée sur le toit d'un magasin de Rouen, a provoqué la venue en toute urgence d'un photographe professionnel, ce genre d'échassier étant rarissime dans la région. Hélas, ce n'était qu'une statue. « Parfaitement réalisée », selon les mots du quotidien, mais pas de scoop pour le reporter qui s'est retrouvé « le bec dans l'eau » (je cite toujours le journal régional).

Et puis, sur cette même page, coincée entre l'image de la fausse cigogne, le cliché des hôteliers, et une pub pour le Loto sportif (super pactole de dix millions de francs ce samedi), apparaît, ou plutôt disparaît définitivement, l'histoire d'une adolescente.

C'est un compte-rendu d'audience. Avec un dessin – puisqu'on ne peut ni filmer ni prendre de photos pendant un procès – représentant un homme moustachu, avec des lunettes, de profil, et au second plan, un gendarme les bras croisés. Ainsi qu'une manchette laconique : « Quinze ans de réclusion pour l'assassin d'une fillette de 14 ans ».

C'est tout sauf un hasard si ma grand-mère gardait précieusement cette coupure de journal. Cette « fillette de 14 ans », elle la connaissait très bien. C'était sa nièce. Et donc ma cousine.

Nous avions presque le même âge. À peine trois ans d'écart.

Cette histoire tragique, ma grand-mère me l'a racontée. Souvent. À voix basse. Comme on dit les secrets de famille.

Et puis, le temps a effacé le destin funeste de cette enfant, dont on disait qu'elle ressemblait déjà à une jeune femme, avec ses formes arrondies, et dont le meurtrier, plus âgé, puisqu'il allait avoir trente ans, était tombé amoureux, bien malgré elle. Un amour fou, au sens psychiatrique du terme.

Elle s'appelait Nathalie. Comme la moitié des filles nées en 1970. J'exagère ? Oui, un peu, mais notez tout de même que l'incroyable engouement pour ce prénom raconte également une époque : la fin des Trente Glorieuses, le plein emploi, l'insouciance, les vacances au bord de la mer, si bien chantées par Michel Jonasz, mais aussi Mai 68, les premières barres HLM, les autoroutes...

On regardait une seule chaîne de télévision. (Forcément, il n'y en avait qu'une !)

On écoutait une seule radio : soit Europe 1, soit RTL, éventuellement France Inter ou RMC.

Et on appelait les petites filles Nathalie.

Pas besoin d'études de sociologie pour comprendre cela !

Nathalie.

Quand j'étais gosse, quatre ou cinq mains se levaient instantanément à chaque appel de ce prénom.

Ma meilleure amie, depuis trente ans, s'appelle Nathalie.

Tout ça, c'est grâce à (ou à cause de) la chanson de Gilbert Bécaud.

1964.

La place Rouge était vide,
Devant moi marchait Nathalie...

Sublimes paroles signées Pierre Delanoë.

Avec les années, certains souvenirs remontent à la surface, mais ce n'est sûrement pas un hasard si j'ai précisément envie de raconter ce drame aujourd'hui. La révolution MeToo est passée par là, et avec elle la prise de conscience des violences faites aux femmes, les innombrables meurtres perpétrés par des conjoints, ou de soi-disant amoureux éconduits.

À l'époque, en 1984, c'est à peine si on souligne la détresse de notre famille. Une sorte de fatalité se serait abattue sur nous, quelque chose de terrible, mais d'inévitable, comme un séisme qui frappe au hasard, ou une tornade qui s'abat sur une maison et pas celle des voisins. Oui, il a fallu baisser la tête, et même culpabiliser.

À l'époque, tous les clichés sexistes s'expriment sans honte. Et personne ne parle de féminicide.

D'ailleurs, en découvrant ce papier, près de quatre décennies après sa publication, quelque chose attire encore mon œil.

Juste au-dessus de ces lettres en caractères gras annonçant le verdict, il y a ce qu'on appelle dans le jargon journalistique un surtitre. Quelques mots qui, loin d'être anodins, donnent une information essentielle à la compréhension d'un article.

En italique, et en majuscules, on peut lire, au sujet de celui qui vient de commettre un crime abject, en enlevant la vie à une adolescente de quatorze ans, dans des conditions bestiales :

« *IL AVAIT PEUR DES FEMMES* ».

C'est à dire...

Un livre sur l'œuvre de Jean Bréant

□□□□□

A cigogne cigogne et demie...

CARNET NORMAND

NAISSANCES

MARIAGES

AUX ASSISES DE SEINE-MARITIME

IL AVAIT PEUR DES FEMMES

Quinze ans de réclusion pour l'assassin d'une fillette de 14 ans

Alcool et dépression

Les cent ans du syndicat de l'hôtellerie de Seine-Maritime

ROUEN

COUPURE DE COURANT

COUPURE DE COURANT

La 6e A

J'ai tout juste onze ans.

Puisque je suis né le 17 octobre 1973, et que mon anniversaire, c'était hier.

On est vendredi, mon jour préféré, normal, demain c'est le week-end. Ce matin, comme chaque jour, j'ai pris mon vélo de course pour aller au collège Pierre Mendès France de Marcoussis, dans l'Essonne. Un établissement tout neuf, inauguré aujourd'hui par le nouveau ministre de l'Éducation nationale, un certain Jean-Pierre Chevènement. Quand j'ai demandé qui c'était à mon père, il m'a répondu : « C'est un pote de Mitterrand, mais il s'est pris une soufflante du président il n'y a pas longtemps, alors on lui a filé une promotion. » Je n'ai RIEN compris. Bien plus tard, jeune journaliste, j'ai appris que Chevènement s'était fait remonter les bretelles en Conseil des ministres, ce qui lui avait valu cette phrase entrée dans l'Histoire : « Un ministre, ça ferme sa gueule ou ça démissionne. » Cette engueulade ne l'avait pas empêché d'être nommé quelques mois plus tard rue de Grenelle, pour prendre en main le paquebot de l'Éducation nationale et, entre autres activités, couper le cordon devant les nouveaux établissements scolaires. On l'a vu arriver dans une Renault 25 gris métallisé, j'étais hyper impressionné, c'était la première fois que j'en voyais une en vrai. Je n'avais jamais rencontré de ministre non plus, mais j'étais beaucoup plus intéressé par sa voiture. Il y avait le directeur du collège, une peau de vache, le recteur d'académie, le préfet, le maire, le député, et nous. On était tous alignés, pour faire une sorte de haie d'honneur. M. Chabert, le conseiller d'éducation – on ne disait pas encore CPE –, nous avait expressément demandé d'être habillés correctement et bien peignés pour l'occasion. Ce qui n'avait pas empêché mon meilleur copain Stéphane (qui est toujours mon meilleur ami, quarante ans après) de venir en survêtement déchiré aux fesses. Honnêtement on ressemblait à un dessin de Sempé dans un livre du Petit Nicolas, et on avait tous l'air un peu couillons.

Ce vendredi, une fois le ministre reparti, la journée s'est déroulée normalement, dans ma classe de 6e A, avec notre prof principale, Mme Puybreton. Elle avait l'âge de nos mères mais on la trouvait drôlement sexy, et elle éveillait dans nos corps d'adolescents prépubères des sensations inavouables. J'ai enchaîné cours de sciences nat et d'EMT (une discipline heureusement disparue, qui consistait en une éducation manuelle et technique :

en clair, on faisait du macramé et de la poterie, et je détestais ça). Et puis, la cloche a sonné, comme l'aurait chanté Sheila, sauf que déjà à l'époque c'était une sonnerie stridente qui retentissait et mettait un terme à notre calvaire de collégiens. *Thanks God, it's Friday !* Mon niveau d'anglais ne me permettait pas de balbutier ce genre de phrases, mais c'était bien une libération, le week-end pouvait commencer. Une fois mon vélo récupéré, je n'avais plus qu'à rentrer à la maison, un petit pavillon de la rue de la Roche Garnier, où m'attendaient ma mère, ma sœur âgée de trois ans et surtout mon chien, un sublime colley, jumeau de la célèbre Lassie qu'on voyait à la télévision. Mon père, lui, rentrait beaucoup plus tard, au gré des horaires des Autocars Meyer qui effectuaient la liaison entre la Porte d'Orléans et ce coin un peu paumé de l'Essonne où nous habitions depuis quelques années.

Ce jour-là, le rituel du goûter (des Choco BN trempés dans du lait) et le débrief de la journée avec ma mère sont interrompus par un coup de téléphone.

Je n'entends pas la conversation, mais je comprends que c'est ma grand-mère paternelle qui appelle, celle qu'on nomme mamie Colette. Je vois ma mère blêmir, elle semble avoir le souffle coupé, demande plusieurs fois à sa belle-mère de répéter.

Il est 17 h 30, instinctivement je sais que je vais me souvenir toute ma vie de cet instant. Je me suis rapproché de ma mère et du combiné, je devine ces quelques mots à l'autre bout du fil : « Il y a eu un drame dans la famille. »

La conversation s'achève. Ma mère passe machinalement la main dans ses longs cheveux noirs, elle cherche ses lunettes, elle qui ne les portait quasiment jamais, par coquetterie, alors qu'elle souffrait d'une myopie assez forte, et compose le numéro de sa sœur, qui vit comme nous en région parisienne.

« Allô ? C'est terrible, Nathalie a été assassinée... Mais si, enfin, Nathalie, la fille de Nelly ! »

Un silence, puis ma mère prononce ces deux mots :

« Quatorze ans... »

Cette fois, j'ai tout entendu.

C'est une époque où l'on prend moins de précautions avec les mômes. Il suffisait de se cacher un peu pour épier les grands parler entre eux. Là, tout était dit au grand jour. Tant pis pour le potentiel effet psychologique sur un gamin de onze ans. Le choc est tel que l'information doit circuler.

Je me risque à une question :

« Maman, qu'est-ce qui se passe avec Nathalie ?

– Rien, mon trésor, on t'en parlera ce soir avec papa. »

Faites entrer l'accusé

Quarante ans se sont écoulés depuis ces deux coups de fil.

J'ai franchi le cap du demi-siècle.

Ma mère ne se passe plus la main dans les cheveux, elle a quitté ce monde, brutalement, un après-midi d'octobre 2021.

Le 18. Oui, précisément, le lendemain de mon anniversaire. Cette date est définitivement maudite. Nathalie, maman... Dans la famille, on meurt le 18 octobre.

Vous comprendrez que j'attends chaque année avec impatience mon gâteau d'anniversaire, et avec angoisse le jour d'après.

La disparition de ma mère a été un tel choc que j'en ai écrit un livre. Cathartique. On m'en parle souvent, de nombreux lecteurs se sont retrouvés dans cette histoire de deuil impossible. Cela m'a soulagé, je me suis senti moins seul.

Très vite après la sortie de ce bouquin personnel, qui a trouvé un écho auprès du public, j'ai eu envie de me replonger dans l'écriture, et ma réflexion a été de courte durée.

J'ai toujours eu envie d'enquêter sur un fait divers, une de ces histoires qui choquent autant qu'elles bouleversent l'opinion. Mais qui disent quelque chose de la société, de l'époque.

Je suis tellement fasciné par ces affaires, que j'ai toujours eu au fond de moi le désir de présenter *Faites entrer l'accusé*. D'ailleurs, en 2023, je suis passé tout près de réaliser ce rêve. À la faveur du départ du présentateur de l'émission, un casting a été organisé pour trouver un remplaçant. Pendant quelques minutes, dans un studio de la banlieue parisienne, j'ai endossé le costume de présentateur. Ce n'était pas le fameux cuir de Christophe Hondelatte, visage historique du programme, mais j'ai adoré ce rôle de « conteur », dans un décor qui rappelait un bureau de détective.

Je n'ai pas été pris.

Faites sortir le suspect !

Un petit coup de fil, et vous êtes remercié.

Cela provoque une pointe de déception, mais surtout un rappel à l'humilité – on a beau avoir trente ans de métier, on peut encore passer un casting et être recalé ! Ce qui ne m'a pas empêché de rester sensible à ces affaires.

Il y avait l'embarras du choix. Pas une semaine sans un nouveau mystère ou un nouveau drame invraisemblable.

Il y a les dossiers les plus connus, de Grégory Villemin à Dupont de Ligonnès, en passant par Alexia Daval, Maylis ou Christian Ranucci, ces « feuilletons » qui ont passionné la France, de l'instruction au procès. Et puis, il y a toutes les autres histoires. Ces milliers de faits divers invisibles, qui hantent les journaux locaux et détruisent les familles. Sans bruit, sans caméra.

C'est exactement ce qu'a dû affronter ma famille, au milieu des années 1980, près de Dieppe, en Seine-Maritime.

Un drame épouvantable. L'assassinat d'une adolescente de quatorze ans, par un homme qui allait en avoir trente. Un meurtre prémédité. Un bain de sang.

À l'époque, seuls *Paris-Normandie* et *Les Informations dieppoises*, le journal du coin, s'en font l'écho. Pas un mot à la télévision nationale, à peine un entrefilet dans *Le Parisien libéré*.

Il faut dire que les médias et l'opinion ont en quelque sorte « requalifié » les faits. Requalifier, c'est le terme qu'on utilise quand une instruction judiciaire permet de préciser la charge qui pèse sur un·e accusé·e. Soit pour aggraver la suspicion, en cas de découverte de nouveaux éléments accablants, soit pour alléger les doutes si l'on se rend finalement compte qu'il y a des circonstances atténuantes, comme on dit.

Dans ce cas précis, tout le monde a fini par admettre que l'assassin n'était pas un monstre, mais un pauvre type, au parcours un peu pitoyable, qui s'était inventé une histoire d'amour avec Nathalie. Lui-même dira que cette relation était consentie. Pour résumer, si cette enfant est morte (oui, on est encore une enfant à quatorze ans), c'est parce qu'elle aura été victime d'un « crime passionnel ».

L'expression, aujourd'hui quasiment bannie des actualités judiciaires, est à l'époque très répandue. C'est la presse qui a inventé cette formule à la fin du XIXe siècle, pour définir les meurtres commis par des maris, ou d'anciens conjoints.

Et alors ? L'acte serait-il plus acceptable quand il a été commis par jalousie amoureuse ? Acceptable voire normal ?

« Le pauvre homme, il était amoureux. »

Aussi effrayant soit-il aujourd'hui, ce genre de commentaire a bel et bien existé pendant des décennies.

À mi-chemin entre les dossiers oubliés et les affaires ultra-médiatiques, je me souviens d'une histoire qui m'avait particulièrement marqué en tant que journaliste, et qui a sans doute, inconsciemment, joué un rôle dans mon besoin d'enquêter sur un féminicide : la disparition de Karine Esquivillon.

Mars 2023, une mère de cinq enfants, âgée de cinquante-quatre ans, se volatilise subitement en Vendée.

Son corps sera retrouvé trois mois plus tard, et son mari placé en détention provisoire (l'affaire suit son cours, au moment où j'écris ces lignes, le parquet de La Roche-sur-Yon ayant requis en juillet 2025 un procès pour meurtre).

À BFM TV, nous suivons de très près cette histoire. Lorsque Karine Esquivillon est enterrée, je suis envoyé en Vendée, pour interviewer deux de ses enfants, Eva-Louise et Thomas.

Ce qui me frappe et me touche, c'est cette envie si forte de témoigner, raconter. Voilà deux jeunes gens, ils ont une vingtaine d'années, qui viennent devant une caméra parler de l'intime et de l'horreur, avec une simplicité parfois déconcertante.

Comme la mère de Nathalie le fera avec moi lors de cette enquête.

Et puis, cet inaltérable besoin de justice. Perdre sa mère, ou sa fille, c'est déjà ignoble. Ne pas savoir la vérité, c'est insupportable.

Ce jour-là, après une heure d'entretien bouleversant, mais d'une grande dignité, avec ces deux jeunes en partie détruits, je quitte La Roche-sur-Yon convaincu que la parole doit continuer à se libérer. Et qu'il n'y a pas de prescription pour les drames qui ont fracassé une famille.

Les cousins « éloignés »

Enquêter sur cette affaire c'est d'abord convoquer ses souvenirs. Je me souviens très bien de l'appel de ma grand-mère, et de la discussion expéditive le soir même avec mes parents.

« Nathalie, ta cousine, est morte. »

Point.

Et je n'ai pas posé de questions. J'étais tout simplement sidéré. Cette adolescente qui avait trois ans de plus que moi, je la voyais pendant les vacances scolaires.

Avec ses joues rondes et roses, elle souriait tout le temps. C'est vrai qu'elle faisait un peu plus que son âge. Et puis, c'était une fille. Moi, je préférais aller jouer au football avec mes cousins.

Je ne suis pas allé aux obsèques de Nathalie. C'était un temps où l'on épargnait aux enfants ce douloureux cérémonial. Aujourd'hui, c'est différent. Françoise Dolto et d'autres pédopsychiatres sont passés par là et estiment que les rites de la mort ne sont pas « traumatisants ».

Je me rappelle surtout la chape de plomb qui s'est refermée sur le cercle familial peu de temps après la tragédie. Comme si on avait honte de cette histoire.

Voilà pourquoi j'ai voulu déterrer ce secret. Pour comprendre. Pourquoi cette cousine est-elle morte ? Que s'est-il vraiment passé ?

Enquêter c'est aussi, naturellement, relever sur le net, toutes les informations élémentaires qui permettent d'établir un socle, une base d'investigation.

Je tape donc le nom de la victime et le lieu du crime sur le plus célèbre des moteurs de recherche : « Nathalie Fauvel, Penly (76) ».

Résultat : rien.

Si !

Un avis de décès.

L'état civil me le confirme :

« Nathalie Patricia Nelly Fauvel, née le 29 mai 1970, à Eu, est décédée le 18 octobre 1984, à Penly. »

C'est tout.

La vie de cette adolescente n'a aucune existence numérique.

Il me faut donc contacter les archives départementales, et la presse locale, pour trouver des indices plus probants.

Après un échange de mails fructueux, me voici à Dieppe, au siège du journal *Les Informations dieppoises*. Une institution créée en 1836 ! Ma grand-mère (qui partageait sa vie entre Asnières-sur-Seine, ma ville de naissance, et la Seine-Maritime où elle avait fini par s'installer à la mort de son mari) était bien évidemment abonnée à ce qu'elle appelait *La Vigie*, l'ancien nom du journal. Le mardi et le vendredi, la lecture de cette gazette était sacrée. C'est donc avec émotion que je pénètre dans ces locaux situés à quelques dizaines de mètres de la Grand Rue, cette artère piétonne et commerçante que j'arpentais avec ma famille le samedi. Le grand café Les Tribunaux trône toujours place du Puits-Salé. C'est le poumon de Dieppe, et l'un des rares immeubles épargnés par les bombardements de la Seconde Guerre mondiale. Le siège du journal se trouve naturellement au cœur de la ville. Je rencontre la rédactrice en chef qui me donne accès aux archives.

La mort de Nathalie a bien fait la une des *Informations dieppoises*. Un article détaille toute l'histoire et surtout la photo de ma cousine percute mon esprit. Je n'avais pas vu ce visage depuis près de quarante ans.

C'est une bouille, comme on dit. Un grand sourire éclaire les pommettes rebondies et les yeux de l'adolescente.

C'est fou ce qu'elle semble petite, même si la légende précise bien que la photo date de deux ans.

« Il tue avec préméditation la jeune fille qu'il avait cru pouvoir aimer ».

C'est le titre de l'article qui s'étale sur une page entière.

Les circonstances du meurtre sont effroyables.

Ce qui attire tout de suite mon attention c'est l'expression « dépit amoureux » utilisée par le journaliste pour expliquer le meurtre.

Une histoire d'amour ?

Entre un homme quasi trentenaire et une enfant de quatorze ans ?

À l'époque, cette formule « dépit amoureux » ne semble choquer personne.

Plus loin, dans l'article, on peut lire : « La différence d'âge était un obstacle qu'Alfred V. n'a, semble-t-il, jamais voulu admettre. »

Là encore, on laisse s'installer l'idée qu'une relation « normale » pouvait exister entre cette adolescente et cet homme.

Durant toutes mes recherches, jamais le mot « pédophilie » n'apparaîtra. Ni dans l'enquête judiciaire, ni dans les auditions des témoins.

Pourtant, en France, depuis 1945, la majorité sexuelle est fixée à l'âge de quinze ans.

La rédactrice en chef des *Informations Dieppoises* me fait remarquer, également, que le titre du journal ne laisse aucune place au doute : « Il tue… »

Ni à la présomption d'innocence.

Aujourd'hui, on parlerait de « meurtrier présumé », même après des aveux.

Dépit amoureux d'un être faible, drame à Penly

Il tue avec préméditation la jeune fille qu'il avait cru pouvoir aimer

Il est temps de comprendre ce qui s'est passé, et de parler à cette partie de ma famille que je n'ai pas revue depuis la mort de ma grand-mère.

Plus de dix ans que je n'ai pas mis les pieds dans cette région. Dix ans que la belle longère de Dieppe a été vendue. Le temps passe si vite quand un chapitre familial se referme au bout d'un cimetière. Les cousins éloignés n'ont jamais aussi bien porté leurs noms.

Les galets de Dieppe

Septembre 2024.

La mère de Nathalie ne s'attendait pas du tout à mon appel. Tout ça est si loin, enfoui. Même les proches ont tiré un trait sur cette tragédie.

On n'invite pas les fantômes du passé à la table familiale. De toute façon, on évite les sujets douloureux dans cette fratrie de six enfants. Motus.

Nathalie est morte, atrocement. Mais pas question de commémorer son souvenir, ou de pleurer sur sa tombe. Les larmes coulent dans le secret.

Aujourd'hui, en revanche, c'est le grand déballage.

En ce milieu de matinée, quittant TF1, après avoir présenté la matinale, j'ai emprunté la route que je connais par cœur et qui me replonge dans l'histoire d'une tribu qui me manque tant depuis la mort de mes parents. Depuis la mort de mon père, pour être précis.

C'est lui qui est né dans ce coin de France un peu enclavé.

Drôle de région. Ancienne cité conquise par les Vikings il y a plus d'un millénaire, Dieppe est la ville qui invente les bains de mer en France. Dès 1822. Bien avant Monaco, Biarritz, Le Touquet ou Deauville. C'est la duchesse de Berry qui a popularisé les vacances balnéaires et favorisé la construction d'un théâtre et d'un casino sur le front de mer.

Ce qui est amusant ou paradoxal, c'est que la plage de Dieppe, emblème national des activités balnéaires, n'a absolument rien d'accueillant. La mer, de couleur verte, est souvent agitée, et vient se fracasser sur d'énormes galets. Pas les petits cailloux mignons de la promenade des Anglais à Nice ! Non, de grosses pierres polies par le sel, parfois plus épaisses qu'un pied d'adulte. Il n'y a rien de plus pénible que de marcher sur les galets dieppois.

Quand il était gosse, dans les années 1920, mon grand-père Claude organisait des courses pieds nus sur la plage. Un supplice !

Je suis heureux de retourner là-bas.

Quand on est un petit banlieusard, sans attachement particulier à un département dont le premier chiffre est forcément 9, on se cherche une patrie, une histoire, une forteresse. Pour moi, ce serait le port de Dieppe. Avec ses gros paquebots de la compagnie Sealink, prêts à embarquer pour Newhaven en Angleterre. Le *Villandry*, le *Chartres*, le *Saint-Germain*. Mais aussi ses chalutiers, ses quais et sa petite église en surplomb, la chapelle de Bonsecours, qui servait de sanctuaire aux marins disparus. C'est là, en haut des falaises, que mes parents m'ont traîné quand j'avais un peu plus d'un an et que je refusais de marcher. Une tradition locale disait qu'il fallait faire sept fois le tour de la chapelle avec l'enfant récalcitrant pour qu'il accepte enfin de se déplacer tout seul. Croyez-le ou non, le lendemain de cette escapade, je me suis enfin mis à marcher.

Il me suffit de fermer les yeux pour revoir ce décor et entendre la corne de brume qui résonnait si souvent l'hiver.

Sur l'autoroute A13 qui m'emmène vers la Normandie, pas de brouillard, mais un soleil qui brille généreusement. Lorsqu'on quitte Rouen, et sa centaine de clochers, la route trace une longue ligne droite vers le nord. On longe d'abord Canteleu, le village de Bel-Ami, le personnage de Maupassant, et puis on laisse la Seine derrière soi, pour entrer dans le bocage normand si verdoyant. Pas étonnant dans une région où il pleut onze mois et demi sur douze. C'est un fils de Dieppois qui vous le dit ! Et encore, il peut aussi pleuvoir abondamment en août. Les communes de

Seine-Maritime ont la particularité d'avoir presque toutes le suffixe « ville » : Bacqueville, Longueville, Tourville, Varengeville... L'été, lorsque j'étais enfant, chaque village organisait une kermesse, avec des stands et des tombolas. On y gagnait un jambon, un filet garni et, les jours de chance, un poisson rouge. Ces fêtes, qui rassemblaient plusieurs centaines de personnes, existent-elles encore ?

Je reconnais les vergers. Et aussi

Les vaches rousses, blanches et noires sur lesquelles tombent la pluie,
et les cerisiers blancs made in Normandie

Le 45 tours de Stone et Charden tournait en boucle sur la platine de ma grand-mère.

Traverser ce coin de France me donne envie de ralentir, comme pour mieux remonter le temps. Se souvenir, c'est sentir.

Les parfums de la mer : le port à marée basse, le poisson de la criée, le sel marin qui ronge les voitures et les maisons.

L'odeur du graillon de la fête foraine, rendez-vous immanquable de l'été, avec les célèbres croustillons, des beignets délicieux à mille calories.

Et puis, la drôle d'odeur de l'usine Nestlé, à l'entrée de Dieppe, mélange de café, de chocolat et de produits industriels.

Tout refait surface ce matin-là, quand je vois les maisons à colombages au bord des routes, et que Dieppe n'est plus qu'à quelques encablures.

J'abaisse la vitre pour respirer ce grand air frais qui m'a tant manqué.

Mais je décide de contourner la ville.

Je ferai un pèlerinage à Dieppe dans l'après-midi. D'abord, cap au nord. Direction Le Tréport, station balnéaire populaire, un peu rugueuse, dont les bâtiments aux couleurs sombres ont été construits à flanc de falaise et à quelques mètres du port. C'est là que je retrouve celle que je n'ai pas vu depuis une bonne dizaine d'années.

Nelly, soixante-quinze ans, a le visage marqué par les épreuves. Le temps a creusé ses rides, mais elle est apprêtée ce jour-là. Elle a décidé de me dire tout ce qu'elle a sur le cœur depuis si longtemps.

« Il m'a tué ma piotte ! » s'écrie-t-elle alors que la conversation commence à peine.

Un piot, une piotte, voilà ce qui définit un enfant dans la langue de ce petit coin de France, qu'on appelle le pays de Caux ou encore la Côte d'Albâtre. Cette Normandie qui n'a ni le charme ni l'éclat de Deauville ou Honfleur, cette Normandie snobée par les Parisiens. Pas de vingt-deuxième arrondissement ici. La Picardie est à l'autre bout du quai, et les plages du Nord-Pas-de-Calais à moins d'une heure.

Bienvenue chez les pré-ch'tis !

D'ailleurs, le patois haut-normand s'accompagne d'une intonation qui, avec ses fins de phrases traînantes, fait immédiatement penser à la façon de parler des habitants des Hauts-de-France. J'entends encore mes cousins s'exprimer avec cet accent à couper au couteau : « Elles sont rien belles, tes fleurs. »

Oui, le « rien » signifie « très » dans cet idiome.

Et il n'était pas rare qu'après avoir passé plusieurs semaines de vacances dans la région je revienne dans l'Essonne, avec quelques expressions du cru qui faisaient rire mes parents.

Attablés à la terrasse du Café de l'Esplanade, face à la promenade qui longe la plage, nous avons commandé deux bières pression.

« Leffe ? » demande la serveuse qui m'a immédiatement reconnu et me demande si on peut faire un selfie.

Oui, Leffe c'est très bien.

Il fait très beau, et même chaud, en ce début d'automne. C'est suffisamment rare, à cette époque de l'année, pour être souligné.

J'enregistre la conversation sur mon smartphone, je veux tout savoir, tout comprendre.

Notre échange va durer trois heures, à peine interrompu par le bruit d'un groupe de motards qui semblent répéter le départ du Bol d'Or sous notre nez.

Nostalgie

Avant de convoquer les souvenirs d'une telle tragédie, il faut se replonger dans une époque et dans une région.

Par décence, et parce que je n'ai aucune idée de sa réaction lorsque nous allons remuer le passé, je propose à Nelly de nous rappeler quelques moments familiaux communs, un peu anodins. Pour briser la glace, et démarrer la discussion avec le sourire.

Nous voici donc de retour dans mon enfance et sa jeunesse.

C'était le temps où l'on entendait à la radio les publicités pour acheter une maison sur le littoral, le rêve d'une vie. Grâce à Catherine Mamet ou Ferinel, on pouvait devenir « propriétaire à la mer »…

Mais la Haute-Normandie n'est pas la Côte d'Azur.

Et les couleurs du pays de Caux, entre Dieppe et Le Tréport n'ont pas le même éclat que sur le cap d'Antibes. Bien sûr, certains coins sont ravissants. C'est la France ! Même au milieu de nulle part, on déniche des paysages vallonnés et des ruelles pittoresques. Le petit bourg de Pourville-sur-Mer, qui jouxte Dieppe, est très mignon. Claude Monet s'en est entiché au point d'en représenter, dans certaines de ses œuvres, la marée basse et les chemins dans les blés.

Mais, ici, de septembre à avril tout est gris. Sans nuance. Même quand les rayons du soleil percent la morosité ambiante.

Au début des années 1980, le village de Penly, en Seine-Maritime, qui abrite à peine cinq cents âmes, devient célèbre dans la France entière. C'est sur le territoire de cette commune que l'on va construire une nouvelle centrale nucléaire. Les travaux commencent en 1982. Quatre ans avant la catastrophe de Tchernobyl.

La commune n'avait déjà aucun charme, elle se retrouve défigurée par le gigantesque chantier. Deux cent trente hectares, protégés par des barbelés.

À un jet de pierre de la centrale, le village subsiste. On se demande s'il n'aurait pas mieux valu le raser…

Il reste bien une église, de rares commerces, un bar déserté. Et une école flambant neuve. On l'a baptisée Le Vent marin, elle a été inaugurée par le maire et les autorités locales.

Une école toute neuve ? Dans un bled qui semble sur le point de s'éteindre ?

Oui, parce qu'il faut bien loger tous les ingénieurs, les techniciens, les ouvriers qui s'activent sur le chantier, et leurs familles pour que la centrale démarre son activité selon le calendrier prévu.

On a donc construit un lotissement, comme on en voit un peu partout en France, au début de cette décennie. Des dizaines de pavillons fonctionnels ont fleuri, pour accueillir les bâtisseurs de la centrale.

Mais la mairie en a préempté quelques-uns pour les proposer à des familles modestes de la région. Les Fauvel emménagent en 1982, au numéro 13 de la résidence du Bel Air. Nelly, la mère, est la cousine germaine de mon père. Ils ont un an d'écart et ont passé une bonne partie de leur enfance ensemble. C'était une époque, les années 1950, où l'on trimballait les enfants chez un oncle ou une tante, au gré des boulots et des vacances scolaires.

Elle a trente-trois ans, cette année-là, et s'installe avec son mari Jean-Claude, de quatre ans son aîné, et leurs enfants Thierry, Nathalie, Rémy et Jérôme.

La mer n'est qu'à quelques centaines de mètres, on entend les vagues qui se fracassent contre la falaise. On la sent aussi, quand le vent en porte les effluves. Il n'y a qu'une petite forêt qui sépare la maison de la plage de galets.

C'est un pavillon banal avec un crépi à la teinture ocre, une entrée de garage, des tuiles de couleur bronze, et deux velux au premier étage. Sous l'un d'eux, il y a la chambre de Nathalie.

Un papier peint orange, un lit simple, une petite armoire, des boîtes de jeux entassées dans un coin, et quelques posters aux murs, dont un de Jean-Jacques Goldman, détaché du magazine *OK !*, et un autre du dessin animé *Rox et Rouky*.

Quand je ferme les yeux, apparaît ma propre chambre, à Marcoussis, avec ce poster de Michel Platini et des centaines de cassettes audio, qui me permettaient bien avant mes débuts de journaliste d'animer des émissions de radio, ou encore de commenter des matchs de foot, sur la mini-chaîne hi-fi reçue à Noël. Le passé ressurgit depuis que je marche sur les traces de Nathalie. Et la nostalgie m'envahit.

Je me revois dans cette maison de Dieppe, que j'aimais tant. Les grandes tablées familiales pour les soirs de Noël ou les fêtes d'anniversaire. Mais aussi les simples dîners en tête à tête avec ma grand-mère, autour d'un croque-monsieur et d'un grillé aux pommes.

Il suffit d'une chanson à la radio pour que l'émotion me submerge et me replonge dans cette époque, que j'idéalise sans doute, mais qui me rappelle à la fois une jeunesse et une forme d'insouciance.

L'autre jour, c'est l'intro de « One Step Beyond », le tube de Madness, groupe londonien un peu barré, qui m'a fait frissonner. Sur la pochette du disque, les six gus, de profil, en file indienne, dansaient bizarrement.

Même sentiment peu de temps après ce retour sur la côte d'Albâtre, lorsque je reçois Patrick Sabatier dans la matinale de TF1. Sa présence est comme un flash-back. Je suis propulsé dans mes souvenirs d'enfance. Je ne le connais quasiment pas, j'ai dû le croiser une ou deux fois dans des lieux où nous avons échangé quelques mots à peine. Je n'ai jamais pu lui dire à quel point le gamin que j'étais le regardait comme une idole.

C'est étrange, il n'a pas beaucoup changé. Ses cheveux ont blanchi, il a un peu forci, mais son sourire, qui déclenchait des moqueries de la part des humoristes et autres Guignols, est toujours le même.

D'ailleurs, quand je lui propose de revoir son tout premier casting qui date de 1976, c'est une évidence, il crève l'écran. Et il me confie qu'il se préparait depuis des années à ce test, dans sa chambre d'adolescent : « Comme vous, non ? » me dit-il. C'est vrai.

Sabatier incarne ces années-là, les années 1980. Les vendredis soir blottis contre ma mère dans le canapé gris molletonné, à Marcoussis. Pour rien au monde on n'aurait loupé *Avis de recherche*, *Le Jeu de la vérité* et surtout *Porte-Bonheur*.

Pour préparer l'interview, j'ai fait ressortir des archives le générique de cette émission culte où les caméras de TF1 débarquaient en direct dans une famille quelque part en France pour la couvrir de cadeaux.

C'est fou comme la nostalgie rend amnésique. Quarante ans plus tard, les images sont moins glamour.

La caméra est hésitante, le cadre approximatif, la liaison satellite hachée, mais le brushing et le costume de Patrick Sabatier sont impeccables.

Il a ce sourire Ultra-Brite, comme on disait, et cette aisance au micro qui me fascine.

Porte-Bonheur récompense une famille dans le besoin, et qui se distingue par sa solidarité avec les autres.

En 1984, l'équipe de l'émission aurait pu arriver par surprise chez les Fauvel. Pour offrir un frigo, une voiture neuve à Nelly et Jean-Claude. Des jouets à Thierry, Sophie, Jérôme et Rémy. Et une garde-robe à Nathalie.

Mais Penly n'a jamais eu droit à son « *Porte-Bonheur* ».

La Côte d'Albâtre

Dans sa chambre, Nathalie lit et relit *Les Schtroumpfs*, la nouvelle bande dessinée signée Peyo, qui fait fureur à l'école. Elle aimerait bien acheter une petite figurine, comme sa copine Claudine, mais ça coûte cinq francs, et elle n'a pas encore d'argent de poche. Si elle pouvait, elle prendrait la Schtroumpfette, ou alors le Schtroumpf gourmand.

Elle a vu plusieurs modèles, l'autre jour, dans une maison de la presse du Tréport.

Il y avait aussi des Tac O Tac, ce nouveau jeu de la Loterie nationale, dont tout le monde parle. On a deux chances de gagner, une au grattage, instantanée, et une au tirage, le mercredi soir juste avant le journal télévisé de 20 heures. Une édition présentée, en 1984, par Claude Sérillon sur la Une. En face, Christine Ockrent et Bernard Rapp présentent le JT en alternance. À l'époque, c'est Antenne 2 qui est leader des audiences pour ce qu'on appelle déjà la grand-messe de l'info. Avec ce générique inoubliable, quelques mesures de percussions assez angoissantes, pam-pam-pam pam-pam, suivies d'un bruit de machines à écrire comme on en entend dans les rédactions.

Chez Nathalie, on ne regarde pas trop les actualités. Mais on aime bien *Les Jeux de 20 heures*, sur FR3. Et notamment le « Ni oui ni non » qui fait se gondoler toute la famille.

Mais il faut bien l'avouer, avec seulement trois réseaux, le paysage audiovisuel est morne. Il faudra attendre le 4 novembre 1984 et l'arrivée de Canal+ pour que ça bouge enfin.

Nathalie a entendu parler de cette nouvelle chaîne, et de ce décodeur qui coûte une fortune. Dans sa classe, sur vingt-huit élèves, un seul se vante d'avoir réservé le précieux équipement qui permettra de voir des films, et du football en direct, chaque semaine. Mais il « crâne » beaucoup, ce Laurent, et on ne sait jamais si ce qu'il raconte est vrai. Comme ce jour où il avait saoulé tout le monde en affirmant que ses parents avaient acheté une Citroën BX, avec climatisation et toit ouvrant. Un modèle hyper rare, et hyper cher, surtout en version gris Neptune métallisé verni.

Les collégiens bavaient littéralement devant le prospectus montrant ce qui était à cet instant une voiture high tech et puissante. Tu parles, à peine quatre-vingt-dix chevaux…

En réalité, la famille de Laurent avait acheté une BX d'occasion, sans clim ni toit ouvrant, et le gris Neptune était devenu un marron lavasse. Pas besoin de télescope pour l'observer.

Le papa de Nathalie, lui, roule en Renault 16. Elle a plus de cent soixante-mille kilomètres au compteur ! Elle fait un bruit d'enfer.

Mais Jean-Claude adore sa bagnole et il a installé une couronne de fourrure beige autour du volant. Et dans la boîte à gants, il a déposé un saint Christophe.

Depuis quelque temps, Nathalie a le droit d'être sur le siège passager et c'est elle qui allume l'autoradio. Branché sur les grandes ondes, et sur RTL, l'appareil crache un bruit sourd, mais quand les publicités sont passées, l'adolescente monte le volume pour entendre les hits du moment.

« Et maintenant, on retrouve Jeanne Mas qui chante "Toute première fois". »

La voix d'André Torrent masque l'intro, puis on entend la jeune chanteuse, au look gothique, faire ce drôle de *haaa, haaa*, et chuchoter presque les premières paroles de la chanson :

Des gouttes salées ont déchiré l'étrange malheur d'un secret

Ce qui, objectivement, ne veut rien dire… !

Haa, haaa, pourquoi ces mots,
Si forts, si chauds,
Qu'ils gémissaient sur ta peau
Te font l'effet d'un couteau ?

Nathalie chante ces mots, avec toute la légèreté d'une adolescente, dans la R16 verte de son père. Elle baisse la vitre avec la petite manivelle encastrée dans la portière, et laisse le vent ébouriffer dans ses cheveux.

Les années Mitterrand

Mon père, lui, roule en Talbot. C'est sa marque préférée. Enfin, il a longtemps roulé en Simca 1000, mais la firme a été rachetée.

On a d'abord eu une 1307, puis une 1510, avec hayon.

Moi, j'aurais voulu qu'on achète une Rancho, ce faux 4 × 4 que Claude Brasseur conduit de façon sportive dans *La Boum*.

Oui, encore *La Boum*, c'est le film de ma génération.

Mes parents ont voté Mitterrand en 1981. Ils venaient de devenir propriétaires d'un pavillon qu'ils ont fait construire en grande banlieue parisienne. Ma mère disait : « Ça nous coûte cinquante briques. »

Pour comprendre aujourd'hui, il faut une triple conversion.

Une brique = un million d'anciens francs = dix mille francs = mille cinq cents euros. Dans ma vie d'enfant, l'argent n'existait pas vraiment.

Sauf quand on allait faire nos courses à l'hypermarché Continent de La Ville-du-Bois. On me consultait pour certains achats. J'avais remarqué l'énorme tigre sur la boîte de céréales Frosties, et j'aimais bien aussi acheter du cacao en poudre de la marque Banania. Je passe de longues minutes, au petit-déjeuner, à lire et relire les inscriptions sur les boîtes de céréales et de cacao.

Dans les supermarchés, on voit aussi se développer le business des biscuits et autres friandises, autrement dit le business des enfants gourmands (pléonasme ?). On délaisse les traditionnelles gaufrettes et autres boudoirs pour de nouveaux gâteaux plus marrants. Il y a les Petits Écoliers et surtout les Prince.

Mon enfance et mon adolescence coïncident avec cette nouvelle société de consommation, que Michel Audiard et Henri Verneuil décrivent à merveille dans l'un de mes films cultes, *Le Corps de mon ennemi* (1976). Belmondo sort de prison et déambule dans une métropole du Nord où l'achat est l'activité numéro un :

« La province fout le camp. La rue du commerce est devenue un énorme étalage qui déborde de partout. Une ville devenue folle, une foire aux gadgets, un monde qui brade, qui se débarrasse d'objets qui ne servent à rien qu'à être achetés. »

Bébel a raison. On veut une nouvelle voiture, une nouvelle télé, et puis aussi ce nouvel appareil dont tout le monde parle : le four à micro-ondes. Il peut réchauffer un plat en une minute !

Chez Nathalie, on vient de s'offrir un congélateur. C'est à peu près le seul « luxe » de la maison. Car la famille vit avec un seul salaire. Heureusement que le SMIG a augmenté de 10 % en 1981, juste après l'élection de François Mitterrand. D'ailleurs, on ne devrait plus dire SMIG depuis 1970, le G de « garanti », ayant été remplacé par un C pour « de croissance ».

Ça ne change rien sur la fiche de paie. Comme le disait Coluche : « Le plus dur, c'est la fin du mois… surtout les trente derniers jours. »

La gauche devait tout changer. Alors, certes, la cinquième semaine de congés payés a bien été votée, après la victoire de celui qu'on appelle Tonton, dans toutes les familles de France. Mais quand on n'a même pas assez d'argent pour aller passer une semaine au camping à Saint-Gilles-Croix-de-Vie en Vendée ou à Biscarosse dans les Landes, franchement, à quoi ça sert ?

La gauche… En cette année 1984, elle est empêtrée dans une sorte d'usure du pouvoir. Déjà trois ans aux commandes pour le Premier ministre Pierre Mauroy, qui est à bout de souffle et va bientôt laisser sa place à un jeune socialiste, Laurent Fabius, sur fond de guerre entre école privée et école publique. Un tabou français, qui va mobiliser plus d'un million de manifestants au printemps. Le président doit renoncer, et c'est une nouvelle victoire pour la droite qui a déjà triomphé aux élections municipales, un an plus tôt.

Le chômage explose, on compte plus d'un million et demi de demandeurs d'emploi dans toute la France. Dans la région de Dieppe, où vit la famille Fauvel, c'est l'hécatombe. Les usines ferment les unes après les autres. Les jeunes, souvent sous-diplômés, pointent à l'ANPE. La Côte d'Albâtre bat de tristes records : plus de 25 % de taux de chômage. Un adulte sur quatre n'a pas de boulot. La misère s'installe et creuse les inégalités.

Une précarité qui tranche avec ce qu'on peut voir tous les jours à la télévision : le fric dégouline à l'écran ! Dans les années 1980, on affiche sa réussite, son pognon. Bernard Tapie est un héros. Il dit qu'il peut sauver toutes les entreprises en difficulté. On le voit même dans la prestigieuse émission *L'Heure de vérité* donner des cours d'économie.

Le samedi soir, le générique de *Champs-Élysées* retentit. Les invités de Michel Drucker arrivent au Studio Gabriel en Rolls, et arborent des manteaux de fourrure qui valent « une brique », comme dirait ma mère !

Tout est normal. La société tolère cet étalage de richesse, on ne dit pas encore « bling-bling ».

C'est aussi l'époque où les marques de fringues prennent le pouvoir. On n'achète pas un jean, on opte pour un Levi's 501. Si possible délavé. Ou neige. On choisit un tee-shirt en vérifiant bien si le logo est flashy. La virgule Nike, le crocodile Lacoste ou simplement les six lettres d'Adidas. Et pour les filles, la marque indispensable c'est Naf Naf. Ou Chevignon, pour se donner un style unisexe. On ose le fluo, les épaulettes larges et les jambières. Le look Madonna, cette jeune chanteuse qui commence à truster les premières places des hit-parades.

C'est la France de 1984. Une France qui lorgne de plus en plus vers les États-Unis. Avec ces séries télévisées à rallonge qui séduisent le public, comme *Dallas*, bien sûr. Et depuis quelques mois, un autre feuilleton qui nous plonge dans l'univers de la famille Carrington, vivant à Denver, dans le Colorado. Ça s'appelle *Dynastie*. Ils sont riches, puissants, machiavéliques, et impeccablement coiffés. La « choucroute » de Joan Collins, qui incarne la méchante et envoûtante Alexis Colby, donne des sueurs froides aux coiffeurs-visagistes du monde entier.

En attendant le début de sa série préférée, on regarde la pub, qui vit sa révolution. Les spots deviennent des minifilms innovants, drôles, parfois sexy.

« J'ai huit secondes pour vous dire que la barre Ovomaltine, c'est de la dynamite », déclare cet alpiniste (pourquoi un alpiniste, on ne saura jamais ! Parce que c'est une barre chocolatée qui vient de Suisse ? mais tous les Suisses ne font pas de l'escalade… bref !), et en effet, un grand boum retentit à la fin de sa phrase.

La publicité entre dans la culture populaire. Avec de petits chefs-d'œuvre comme les films Kodak, réalisés par Jean-Paul Goude, avec ses personnages en marinière. Ou encore les slogans inoubliables, comme celui d'Eram : « Il faudrait être fou pour dépenser plus. »

On parle de plus en plus de l'informatique et des ordinateurs qui pourraient révolutionner nos vies. En France, on n'a pas de pétrole comme dans la famille Ewing, mais on a le Minitel. Il a été expérimenté au tout début des années 1980 à Saint-Malo, et en 1982 il commence à entrer dans les foyers.

36 15 !

Je demande à Nelly, la mère de Nathalie, s'il y avait un Minitel et une télévision à la maison de Penly.

« Oui, une télé, me répond-elle sans hésiter. Mais il arrivait souvent qu'on nous coupe l'électricité, alors j'allais recharger une batterie à la station-service du coin, pour brancher le téléviseur… »

Été 84

Cet été-là, une drôle de voix, un peu perchée, résonne à la radio. Celle de Cindy Lauper, qui chante « Girls Just Want to Have Fun ». Nathalie a quatorze ans, elle est en vacances, mais trouve le temps long dans la campagne dieppoise. Il n'y pas beaucoup de distractions, et ses parents sont trop fauchés pour emmener toute la famille dans le Sud, ou sur la côte Atlantique.

Elle aussi veut juste s'amuser, comme dans la chanson.

Il y a bien les après-midi à la plage de Puys, toute proche, les déjeuners avec les cousins (notamment ceux venus de Paris, et j'en fais partie). Mais une forme de torpeur s'est installée.

En ce mois d'août, la France vit au rythme des Jeux olympiques de Los Angeles, et pour la première fois la télévision s'allume dès 8 heures du matin, pour suivre les résumés des exploits du jour, avec le décalage horaire.

Nathalie regarde d'un œil distrait les performances de Carl Lewis ou du perchiste français Pierre Quinon. Elle laisse ça à ses frères et à son père.

Ce qui lui permet d'échapper à l'ennui, c'est de voir un couple d'amis de ses parents. Mouloud travaille avec son père à la centrale, il est grutier, et sa compagne Martine vient régulièrement à la maison.

Ils vivent dans un mobil-home à Saint-Martin-en-Campagne, le village voisin.

Un soir, Nathalie et ses parents arrivent à l'improviste chez leurs amis. Ils ne se sont pas seuls. Il y a aussi le frère de Martine, qui est de passage. Il s'appelle Alfred. Il a vingt-neuf ans, et il vit dans le Nord.

Alfred

Alfred René V. est né le 2 septembre 1955 à Dunkerque, dans le Pas-de-Calais. Son deuxième prénom est celui de son père. Il est l'aîné de huit enfants. Son enfance ressemble à la chanson de Pierre Bachelet, « Les corons ».

Mon père était gueule noire, comme l'étaient ses parents
Ma mère avait les cheveux blancs

Fils de mineur, Alfred grandit dans la précarité. À l'âge de quatorze ans, il subit un traumatisme dont il ne se remettra jamais. Ce jour d'octobre, il rentre du collège après une journée bien remplie. Il pénètre dans la cuisine anormalement vide à cette heure de la journée. Machinalement, il cherche un goûter. La radio est allumée, comme toujours. Il s'assoit à la table familiale. Au bout de quelques secondes, il entend des cris. C'est sa mère ! Elle hurle !!!! L'adolescent sursaute, et se précipite vers le garage. Là, il découvre sa mère en état d'hystérie. Et, devant lui, son père René, pendu.

Est-il déjà mort ? Peut-on encore le sauver ?

Sa mère demande à Alfred de vérifier si le corps est froid. Il hésite, et finit par toucher son père. Pas de doute, il est décédé.

Vision d'horreur, geste inhumain pour un enfant.

Dans la confusion, il va chercher les voisins, la panique s'empare de tout le quartier. Les secours finissent par arriver. Pour constater le décès de ce père qu'il aimait tant, qui était son modèle, sa boussole, dont il avait vu les failles, mais sans imaginer une issue aussi tragique.

Ce suicide bouleverse sa scolarité. Il commence des études de comptabilité, sans grande conviction. Il est souvent « ailleurs ». Au point d'être réformé de l'armée. Alfred enchaîne les petits boulots, d'abord dans une quincaillerie puis dans un garage. Il sera aussi poseur de moquette et vendeur en maroquinerie. En 1975, à l'âge de vingt ans, il entre à l'Imprimerie nationale de Flers-en-Escrebieux, près de Douai. Il trouve enfin un emploi stable. Ce n'est pas un énorme poste, mais magasinier, ça lui va très bien. Et il va passer une dizaine d'années dans cette entreprise. Il est ce qu'on appelle un célibataire endurci. Timide, extrêmement discret, il n'a pas d'histoire d'amour. Le magazine

Détective, qui consacre un long dossier à l'affaire, décrit les relations qu'il entretient avec les femmes : « Même en prenant de l'âge, il n'ose les approcher que lorsqu'il a bu une ou deux bières. » Alfred est un solitaire, souvent retranché chez lui à écouter ses disques. Taciturne, introverti, il a peu d'amis, et semble s'en accommoder. Ce n'est qu'une façade. Quand les fenêtres se referment, il s'effondre et se noie dans l'alcool. Gravement dépressif, Alfred en veut à la Terre entière. À ce père qui l'a abandonné, gravant à jamais dans sa mémoire cette image de corps pendu. À sa mère qui s'est remariée trop vite, selon lui, créant une forme d'amnésie familiale sur tout ce qui a pu se passer avant le jour tragique du suicide de son père.

Le suicide…

Il a déjà tenté de mettre fin à ses jours, lui aussi. Notamment juste après la mort de son père. Mais en ce mois de juillet 1984, il veut vraiment en finir. Une sombre histoire de mutation au boulot.

En fin de soirée, chez sa mère, il se pend dans la cour avec du fil électrique. Son frère Dominique intervient juste à temps. Il le décroche, et le sauve. On appelle un médecin qui lui prescrit des calmants. Le lendemain, il avale la totalité de ces médicaments. Cette fois, il doit être hospitalisé. Le coup est passé tout près.

Sa mère, son beau-père, ses frères et sœurs sont très inquiets. Alfred va très mal. Il faut lui changer les idées.

« Et pourquoi ne viendrait-il pas quelques jours chez moi en Normandie ? » propose sa sœur Martine, qui vit chichement avec son compagnon, dans une caravane près de Dieppe.

Alfred n'est pas emballé, mais finit par accepter la proposition.

L'engrenage

La chaleur s'est invitée dans le pays de Caux. Le thermomètre dépasse les trente degrés quand Alfred arrive chez sa sœur, le 20 août 1984. C'est sous ce soleil écrasant qu'Alfred, qui va fêter ses vingt-neuf ans, rencontre pour la première fois celle dont il tombe immédiatement amoureux. Et pourtant, elle ne cessera de lui répéter qu'elle n'a que quatorze ans…

Lui qui n'arrive jamais à aborder une femme se sent à l'aise avec cette adolescente au beau sourire et aux formes généreuses.

« Vous faites au moins vingt ans », lui dit-il à leur première rencontre, avec cet accent ch'ti qu'il ne peut dissimuler. Elle ne nie pas. On le lui dit tout le temps. Et puis, elle est flattée qu'un homme de cet âge s'intéresse à elle.

Flattée. Ou un peu plus ?

Que se passe-t-il vraiment dans la tête de Nathalie ?

Non, elle ne prend pas ça au sérieux.

Ça n'a aucun sens.

Elle a bien compris qu'Alfred la draguait, mais ce n'est qu'un jeu.

Dangereux.

Mais ça elle ne le sait pas encore.

Alfred est de plus en plus présent et insistant pendant ces quelques jours de vacances. Il a flashé sur Nathalie. Elle devient son obsession. Il colle Martine, sa sœur et Nathalie, qui passent beaucoup de temps ensemble, les prend parfois en filature, il s'imagine séduire l'adolescente, l'aimer, l'épouser, lui faire des enfants.

Les enfants, c'est elle qui en parle tout le temps, elle les adore. Ses frères, les petits des voisins, elle se voit même puéricultrice, dans quelques années. Il n'en faut pas plus pour qu'Alfred s'invente une vie de famille avec celle qu'il désire.

Quand il doit repartir dans le Nord il est triste.

Et se dit que ça ne peut pas s'arrêter là.

Un incroyable engrenage va se mettre en route.

Il va d'abord démissionner de l'Imprimerie nationale, puis revenir en Seine-Maritime, pour s'installer chez sa sœur.

Le voilà dans le train, avec une petite valise. Rien ne semble pouvoir l'empêcher de retrouver celle sur qui il a jeté son dévolu. Il ne pense plus qu'à elle. Jour et nuit. C'est sûr, c'est la femme de sa vie !

La mécanique de l'emprise s'est enclenchée dans l'esprit malade d'Alfred.

L'été s'achève dès la mi-août, en Normandie. Et les premiers frimas annoncent un mois de septembre souvent pluvieux et frais. C'est la rentrée des classes. Ce lundi après-midi, Alfred se présente au domicile de Nathalie, à Penly. Il n'est pas très à l'aise, essaie de se donner une contenance, mais Nathalie est sincèrement heureuse de le revoir, et fait tout pour lui réserver le meilleur accueil.

Il surinterprète chaque geste de l'adolescente. C'est bon, se dit-il, elle va m'aimer.

Il revient plusieurs fois les semaines suivantes. Il s'invite pour prendre le café, et partager quelques moments plus intimes avec Nathalie. Parfois avec insistance.

C'est là que tout se joue.

Durant ce mois de septembre, où sa famille démunie, préoccupée par la difficulté quotidienne de nourrir ses enfants, ne va pas voir le piège en train de se refermer sur Nathalie.

Alfred est trop vieux pour Nathalie, tout le monde le sait. Il est un peu envahissant, mais c'est une fille solide, après tout. Elle saura bien se défendre, si les choses devaient mal tourner.

Non, elle ne saura pas.

Quelle a été vraiment la nature de leur relation ? Alfred jure qu'ils étaient ensemble, il parle même de relations sexuelles consenties. « Trois ou quatre fois », dira-t-il à son procès.

À l'époque, Nathalie ne dit rien à ses parents. Elle est comme ça.

Alors ? S'agissait-il d'un flirt, d'une bluette ? Ou bien d'une histoire plus sérieuse ?

Alfred ira jusqu'à accuser son beau-frère Mouloud d'avoir jeté Nathalie dans ses bras, après ses tentatives de suicide.

Ce qui est sûr, c'est que tout bascule fin septembre.

Il la convainc de venir passer le week-end chez lui dans le Nord. Mais l'escapade tourne au drame.

Que s'est-il passé durant ces trois jours ? C'est sans doute le moment de vérité dans cette triste affaire et il est aujourd'hui quasiment impossible d'établir avec certitude le déroulement des faits. Alfred s'est-il jeté sur Nathalie pour l'embrasser de force puis lui imposer une relation sexuelle ? Lorsqu'elle regagne Penly, le dimanche soir, Nathalie se précipite chez sa meilleure copine Claudine, pour lui raconter qu'elle a été violée par Alfred. Et qu'il l'a menacée avec un couteau, ou un pistolet, une fois encore il y a plusieurs versions.

Quarante ans après, la mère de Nathalie ne veut toujours pas y croire. Alfred, lui, niera cet épisode au procès.

Mais alors, pourquoi a-t-il adressé une lettre d'excuses à Nathalie ? « Je te demande pardon, je n'aurais pas dû faire ça », écrit-il, désespéré, pour tenter de conquérir le cœur de l'adolescente.

En vain.

La rupture est consommée. Elle ne veut plus jamais entendre parler de lui.

Cela aurait dû être la fin de l'histoire. Mais le prétendant refuse d'abdiquer. Tous les soirs, il attend Nathalie à la descente du car scolaire. Elle le repousse systématiquement. Alors, il insiste encore. Jusqu'à la demander en mariage.

Une pure folie, répond-elle.

Les jours passent, l'automne s'installe, et rien ni personne ne semble pouvoir arrêter Alfred dans sa funeste entreprise.

Quand ce mois d'octobre 1984 commence, il est encore temps. Et pourtant, aucun système de défense ou de protection élémentaire n'est mis en place.

C'est l'une des plus grandes difficultés dans cette enquête : essayer de comprendre ce qui semblait évident à l'époque, et ne l'est plus du tout aujourd'hui. Nathalie dit qu'elle a été violée, et pourtant, une forme d'omerta s'installe. On est loin, très loin de l'avènement des réseaux sociaux, les adolescents n'ont pas la même liberté de parole. Dans les familles, on se tait. Et pour beaucoup de victimes muettes, le même sentiment domine : de toute façon on ne me croira pas.

Porter plainte ? Pour être mal reçue dans une gendarmerie et être interrogée comme une coupable ? La belle affaire !

En 1984, on recense à peine 3 000 plaintes pour viol en France.

Il faudra le mouvement MeToo pour qu'enfin la honte change de camp, pour que les femmes n'aient plus peur de pousser la porte d'un commissariat.

(Quatre décennies plus tard, plus de 114 000 plaintes pour violences sexuelles sont enregistrées, pour la seule année 2023.)

C'est l'une des zones d'ombre de cette affaire : que dit vraiment Nathalie, elle qui a beaucoup de mal à se confier ? Prend-elle vraiment conscience de la menace ? Notamment quand elle est harcelée, oui c'est le seul mot qui convient. Par cet homme, beaucoup plus vieux qu'elle, qui l'attend chaque soir à la descente du car, pendant des semaines entières. Cet homme qui se livre à une pression psychologique démesurée. Quand cette pression n'est pas physique.

« Allez Nathalie, viens parler avec moi », lui dit-il à de nombreuses reprises, en la tirant par le bras.

Là encore, que se passe-t-il ? Rien. Pas un voisin pour donner l'alerte, pas un chauffeur de car. Pas une camarade de classe.

On laisse faire.

Le piège du féminicide se referme.

Le 18 octobre

Ce jeudi 18 octobre 1984, Nathalie se lève comme chaque jour à 6 h 45. Elle s'habille après avoir choisi des vêtements dans sa penderie, et se poudre un peu le nez. Sa grand-tante Colette (ma grand-mère) lui a offert une petite trousse de maquillage Yves Rocher pour son anniversaire, le 18 mai. Elle descend prendre un petit-déjeuner rapide, et déjà la voilà sur le pas de la porte, prête à partir.

« Dépêche-toi, Rémy ! »

Son petit frère, âgé de douze ans, emprunte le même chemin qu'elle.

« À ce soir, maman ! »

Les deux ados parcourent chaque jour un peu plus d'un kilomètre à pied pour rejoindre le village voisin, Biville-sur-Mer, et attendent ensemble le car qui va les emmener au collège du Mont-Vitot à Eu.

Il fait beau mais froid ce matin, le vent est glacial, dans cette région où l'été indien ne s'invite quasiment jamais.

En arrivant au bord de la départementale, près de l'arrêt de bus, Nathalie remarque un panneau en vitrine du bar-tabac La Clé des champs, c'est la une du *Parisien*, avec le visage d'un enfant qui semble éclater de rire.

Il a quatre ans, et s'appelle… Grégory.

Le journal titre : « Le mystère de la monstrueuse vengeance ».

Deux jours plus tôt, le garçonnet a été enlevé et assassiné avant d'être jeté dans la Vologne, la rivière qui borde le village de Lépanges dans les Vosges.

Le car arrive, Nathalie s'installe comme d'habitude tout au fond, avec son frère.

C'est la dernière fois qu'elle va en cours.

Comment demander à une mère de raconter l'indicible ? L'inviter à se replonger dans les ténèbres, à entrouvrir une porte qui mène aux pires souvenirs ? Il faut un maximum de pincettes pour aborder le sujet. Mais la mère de Nathalie est finalement soulagée de trouver enfin quelqu'un à qui parler de… ça.

Le temps efface le quotidien, la routine, mais pas l'horreur.

Ce samedi d'automne, où nous nous retrouvons au Tréport autour d'une mousse, Nelly accepte avec une simplicité confondante de revivre le jour où sa vie bascule à jamais.

Avec une économie de mots, mais une émotion qui semble intacte.

Ce 18 octobre 1984 est un jour comme les autres.

Nelly attend patiemment le retour des enfants de l'école. Mais Nathalie et Rémy ne sont pas seuls, lorsqu'ils pénètrent dans le petit pavillon familial, sur les coups de 18 heures. Alfred est là aussi. Il les attendait à l'arrêt de bus. Comme chaque jour ou presque depuis la fin du mois de septembre.

La plupart du temps, Nathalie l'éconduit. Gentiment, mais fermement. Cette fois, elle a cédé.

Elle est comme ça… Tellement gentille avec ses joues roses et son sourire chaleureux.

Ce jour-là, Alfred a apporté un petit gâteau qu'on ne mange que dans les jours précédant la Toussaint, dans ce coin de Haute-Normandie : un pâté à la poire de fisée, ce fruit d'automne qui devient rougeâtre quand on le fait cuire. Il le lui tend à sa descente du bus. Gourmande, Nathalie en goûte un morceau, son petit frère aussi. Et le trio se met en route pour le village de Penly.

On papote sur le chemin. Alfred est particulièrement détendu. Il a bu. Beaucoup. Mais il réussit à masquer son alcoolémie, en parlant énormément, lui qui est d'habitude si taiseux. Il en devient drôle. Et inoffensif…

Le soleil éclaire d'une belle lumière les fermes et les champs.

C'est une très belle après-midi d'octobre.

« Tiens, il est encore là, celui-là », se dit Nelly en voyant arriver ses deux enfants et celui qu'elle appelle désormais « l'autre », depuis qu'elle le trouve beaucoup trop insistant auprès de sa fille.

« Bonjour, je vous ai apporté du pâté de la Toussaint ! » lance Alfred sur le seuil de la maison.

Quelques minutes plus tard, il s'approche de Nathalie et lui demande, l'air de rien, de l'accompagner pour téléphoner à la cabine du village, située à quelques centaines de mètres.

« Pas besoin d'aller si loin, appelez de la maison », lui dit Nelly, qui n'imagine pas un instant ce qui se trame.

Alfred insiste.

Nathalie lui répond qu'elle doit faire ses devoirs, elle qui est si consciencieuse.

Il sent que son plan va à nouveau tomber à l'eau. Car, la veille, il a déjà tenté d'embarquer sa future victime. À la même heure, au même endroit. Après l'avoir récupérée à la descente de bus, puis accompagnée jusque chez elle, il avait tenté de l'attirer à l'extérieur. Pour l'assassiner froidement. Si elle ne se soumettait pas.

Tout était clair dans sa tête.

Mais ce 17 octobre, vingt-quatre heures avant le drame, il y a beaucoup de monde chez les Fauvel. Des amis, de la famille. On rigole, on boit des coups.

Nathalie veut rester avec toute la joyeuse bande. Pas question d'aller dehors avec Alfred, qui renonce à son triste dessein, et quitte les lieux.

Le lendemain, nouvelle tentative. Et cette fois, pas d'obstacle. Une fois les leçons révisées, Nathalie quitte sa chambre et retrouve Alfred pour aller dans le centre du village.

L'adolescente demande à sa mère si elle peut lui emprunter ses chaussures, les siennes lui font un peu mal aux pieds.

« On y va, à tout à l'heure ! »

Il est 19 heures. Il fait presque nuit.

Deux ombres parcourent les allées du lotissement qui sent encore le neuf.

Que se disent Alfred et Nathalie à cet instant précis ? Peut-être rien.

Les voilà qui gagnent la petite place où se trouvent l'école, le terrain de sport, et la fameuse cabine téléphonique.

Alfred y pénètre, décroche le combiné, après avoir mis une pièce dans la machine. Il compose son numéro de téléphone, celui de son domicile, dans le Nord. Avant de raccrocher aussi sec. Le voilà qui ressort, et reprend le chemin de la résidence.

Mais arrivé à la hauteur de l'établissement scolaire, il s'arrête net.

« Nathalie, maintenant ça suffit ! »

Après des semaines de frustration, d'amertume et de colère, c'est le moment du passage à l'acte.

Au procès, l'expert psychiatre dira : « C'est une marmite qui explose. »

Une voisine entend ses chiens aboyer. Elle sort de chez elle et voit clairement deux silhouettes marcher dans la rue.

Mais elle entend surtout une jeune fille dire « Lâche-moi », à deux reprises. Le lendemain, elle dira aux gendarmes que la fille voulait se sauver, mais qu'elle n'a rien fait, rien dit.

Une première salve de larmes coule sur les joues de Nelly.

« Pourquoi je l'ai laissée sortir ce soir-là avec ce type… »

Une mère n'a pas besoin de procès pour s'autodéclarer coupable.

« Je n'ai pas imaginé un seul instant qu'il pouvait en arriver là, j'aurais dû me méfier… Parler avec ma fille… mais elle était tellement secrète… Elle ne parlait pas… Comme son père. »

Quarante ans après, le poids de la responsabilité est toujours aussi lourd. Puis, comme pour échapper à cet abîme de doutes et de regrets, elle ajoute dans un souffle : « Je crois qu'il aurait pu le faire même à l'intérieur de la maison. »

Quelques jours avant de commettre son crime, Alfred a acheté un couteau. Sans doute le mardi 16 octobre. Il est allé dans un magasin Prisunic de Dieppe et sans aucune hésitation il a choisi ce qui allait devenir son arme : un couteau de boucher avec une lame de dix-sept centimètres. Au moment où il paye à la caisse, il est déjà dans la peau d'un meurtrier.

Il rumine son acte. Persuadé d'être dans son bon droit.

La vie d'une adolescente vaut toutes les humiliations, se dit-il.

Car il se sent rejeté de façon incompréhensible.

« Viens avec moi dans le Nord, lui dit-il ce soir-là, avec fermeté dans cette rue déserte.

– Mais c'est impossible, je vis ici avec ma famille et je t'ai déjà dit mille fois que j'étais trop jeune pour être avec toi. »

Nathalie comprend qu'Alfred n'est pas dans son état normal. Il lui saisit brutalement le bras et l'emmène de force dans la cour de l'école, à quelques dizaines de mètres.

Là, dans cet environnement enfantin, suffisamment loin des regards, il la menace à nouveau et sort son couteau.

Elle est effrayée, et tente de le raisonner.

Mais il serre son bras de plus en plus fort.

Elle crie, se débat.

Dans sa caravane, à une cinquantaine de mètres à peine, une voisine entend les hurlements de l'adolescente, hésite à sortir mais prend peur. Plus grave, elle ne prévient personne.

Nathalie a soudain un réflexe de survie, elle tente de lui donner ce qu'il veut.

« Très bien Alfred, c'est d'accord, je vais venir avec toi dans le Nord. Oui je t'aime et j'ai envie de me marier avec toi, mais il faut bien que je prenne quelques affaires pour te suivre et surtout je voudrais dire au revoir à ma maman.

– Menteuse, tu me dis ça parce que tu as peur », lui répond-il.

Le mot « peur » est bien faible pour décrire ce que ressent Nathalie qui est littéralement paralysée d'effroi, mais elle parvient à entamer un semblant de dialogue avec lui. Une discussion un peu plus apaisée commence.

« Tu ne dis pas ça pour te débarrasser de moi ? »

– Non, non, tu as raison, on va vivre ensemble, je t'aime. »

Les deux silhouettes s'assoient sur un banc, une négociation désespérée débute. Il la bombarde de questions. Elle répond tant bien que mal. Et ne cesse de regarder ce couteau qu'il a toujours dans la main. Elle sait que sa vie ne tient qu'à un geste, un mot.

Au bout de longues minutes, elle réussit à le convaincre de retourner à la maison de ses parents. Nathalie se lève, toujours aussi terrorisée. Alfred se lève à son tour.

Il s'approche d'elle pour l'embrasser, mais elle tourne la tête.

En se redressant, l'adolescente a laissé tomber son paquet de cigarettes.

« Tu ne le ramasses pas ? » lui dit-il.

Elle se penche alors pour le récupérer.

Il est un peu plus de 21 heures, un cri déchirant retentit dans cette école déserte. Alfred vient d'assener un premier coup de couteau à sa victime qui s'effondre. Il l'a frappée à la gorge.

Puis vient un deuxième coup, dans le dos, cette fois.

Un troisième.

Un quatrième.

Un cinquième.

Un sixième.

Un septième.

Un huitième.

Un neuvième.

Un dixième.

Le corps de Nathalie est étendu sur le bitume.

Alfred se relève, essoufflé.

Plus un bruit autour de lui, la scène semble figée.

Une mare de sang entoure l'adolescente inerte.

À quoi pense-t-il à ce moment précis ? Est-ce qu'il réalise immédiatement ce qu'il vient de faire ? Et les conséquences ? Se voit-il déjà dans le box des accusés, répondant aux questions d'une cour d'assises ?

Non, sans doute pas.

Il quitte les lieux, abandonnant Nathalie là, sans la moindre humanité. Il marche sans s'arrêter, en direction du bois qui borde la commune de Penly. Il entend la mer qui est là, juste au bout de la falaise.

Et comprenant enfin la tragédie qui vient de se dérouler, par sa propre faute, il cherche dans sa poche la boîte de barbituriques qu'il gardait précieusement depuis quelques jours. Il avale tous les comprimés en une seule bouchée. Et s'effondre dans l'herbe au bout de quelques secondes, sonné par sa folie meurtrière et par les puissants médicaments qu'il vient d'ingurgiter.

Il va rester inconscient toute la nuit.

L'heure tourne en ce début de soirée, et Nelly s'inquiète.

« Ça fait plus d'une heure qu'ils sont partis », dit-elle à son mari.

N'y tenant plus, elle sort de la maison.

Personne dans les allées du lotissement du Bel Air.

Elle appelle : « Nathalie, Alfred, vous êtes là ? »

Pas de téléphone portable à cette époque, aucun moyen de contacter sa fille.

Nelly sent qu'il s'est passé quelque chose. Alarmée, elle finit par convaincre son mari Jean-Claude de partir à la recherche de leur fille. Les voilà, en expédition, avec les enfants, dans les rues du village. Où sont-ils passés, bon sang !

Une fois, deux fois, dix fois, ils vont emprunter la rue qui longe l'école du Vent marin.

Le corps de Nathalie est là. À quelques mètres. Mais dans l'obscurité, impossible de distinguer la jeune fille suppliciée.

À minuit, la petite famille met un terme à ses rondes. On craint le pire, et on s'accroche à l'espoir qu'ils ont simplement fugué quelques heures. Mais pourquoi ? Et pour aller où ?

Nelly ne ferme pas l'œil de la nuit. Elle guette le moindre bruit. Et espère jusqu'au bout un dénouement heureux. Quitte à devoir passer une soufflante à sa fille.

Au petit matin, Alfred émerge de son semblant de coma. Il lui faut de longues minutes pour retrouver ses esprits. Il a tué Nathalie, mais n'a pas réussi à mettre fin à ses propres jours. Alors il se relève, et sans trop réfléchir se met en marche pour rentrer chez lui.

Au même moment, le père de Nathalie entreprend une énième battue pour essayer de retrouver sa fille, avant de partir travailler. Il est à peine 7 heures du matin. Dans la campagne recouverte de brume, il aperçoit Alfred. Seul.

Les voilà face à face, sur le bord de la route.

Jean-Claude est fou de rage :

« Mais enfin, vous étiez où depuis tout ce temps ? Et où est Nathalie ? »

Alfred, piqué par la colère de celui qui ne sera jamais son beau-père, le regarde fixement et avec une morgue incroyable lui répond :

« Ta fille, je l'ai dézinguée ! »

Jean-Claude est tellement choqué par l'arrogance d'Alfred qu'il le frappe aussitôt. Un violent coup de poing qui fait tomber l'assassin sur la route.

Il ne dit pas un mot de plus, et rentre chez lui, pour raconter à sa femme ce qui vient de se passer, même si à cet instant les mots prononcés par Alfred laissent un minuscule doute.

Dézinguée, qu'est-ce que ça veut dire ? Qu'il l'a frappé ? Corrigée ? Engueulée ?

Nelly n'a pas besoin d'explication de texte. Elle comprend instantanément que sa fille est morte.

Et s'effondre. Alors qu'en voyant son mari revenir à la maison aussi vite, en ce tout début de matinée, elle avait imaginé quelques secondes, que le cauchemar était terminé et que Nathalie était là, bien vivante, avec son père.

Immédiatement, le couple quitte la maison et se rend à la gendarmerie de Criel-sur-Mer, à une petite dizaine de kilomètres, pour signaler la disparition de leur fille et surtout les aveux d'Alfred.

Il est 8 h 15, quand une première institutrice gare sa voiture devant l'école de Penly. Elle éteint son autoradio, après avoir écouté les informations de la matinée, et descend de son véhicule.

Elle se dit qu'il fait encore beau aujourd'hui, et qu'elle va pouvoir proposer aux enfants une sortie en forêt.

Machinalement, elle pousse le portail de l'école et va s'installer dans sa salle de classe. Elle dépose ses affaires, puis ouvre une porte qui mène à la cour de récréation. À cet instant, elle aperçoit un corps étendu sur le ventre, au milieu d'une énorme flaque de sang.

Terrifiée, elle court jusqu'au bureau du directeur, qui n'avait rien remarqué jusque-là. L'homme s'approche du corps, et aussitôt prend des mesures pour que personne ne se retrouve face à cette vision d'horreur, car les premiers enfants vont arriver d'un instant à l'autre. L'institutrice décroche le téléphone pour appeler les secours. Puis la gendarmerie.

Quelques minutes plus tard, les forces de l'ordre débarquent.

Un médecin retourne le cadavre et découvre le visage d'une jeune fille qui est rapidement identifiée.

L'école est fermée. C'est une scène de crime. Et le village si paisible devient une zone de guerre. Les familles arrivent, pour déposer les enfants, comme chaque jour. C'est la stupéfaction. Et l'angoisse, car, pour l'heure, le meurtrier n'a pas été identifié et encore moins interpellé.

La nouvelle se répand en moins d'une heure dans cette toute petite commune.

Tout le monde sait que Nathalie a été assassinée.

Tout le monde… sauf les parents.

Nelly et Jean-Claude ont quitté Penly juste avant la découverte du corps, ils sont allés à la gendarmerie de Criel, mais l'information ne leur a pas été transmise. Lorsqu'ils rentrent chez eux, vers 9 heures et demie, ils voient bien le branle-le-bas de combat devant l'école, mais ne comprennent pas ce qui se passe. La R16 de Jean-Claude pénètre dans le lotissement du Bel Air, et se gare face au pavillon.

Devant l'entrée, se trouve le maire du village.

C'est lui qui va avoir la lourde mission d'annoncer à une mère et à un père que leur fille n'est plus de ce monde. Qu'elle a été sauvagement assassinée. Et retrouvée dans la cour de l'école.

Je demande à Nelly si elle se souvient des mots qui ont été prononcés ce matin-là.

« Oui, j'ai l'impression que c'était hier. Il nous a dit avec beaucoup de simplicité et de compassion : Monsieur et madame Fauvel, on vient de trouver Nathalie. Il a commencé à nous expliquer qu'elle avait été poignardée. Et il nous a donné des détails. Peut-être trop. »

Je me risque à lui demander de quels détails elle parle.

« Il nous a dit que Nathalie avait été retrouvée par terre, et qu'il lui avait laissé… le couteau enfoncé dans le dos. »

Un long silence s'installe entre Nelly et moi.

Limay : il a tué sa compagne avant de se suicider

Lettre posthume d'un assassin

paris normandie

SAMEDI 20 ET DIMANCHE 21 OCTOBRE 1984

A Penly (S.-Mme), la vengeance d'un amoureux éconduit

Nathalie (14 ans) assassinée dans la cour de l'école

L'EMPRUNT GISCARD PERD SON PRIVILÈGE FISCAL

Un cadeau au P.C.

Quel nouveau scénario pour 86 ?

Chiens et chats

Les Français dépensent près de 4 milliards par an pour les nourrir

Rouen accroché par Brest (2-2)

PROST — DERNIER ROUND AU PORTUGAL — LAUDA

...ou comment vaincre « l'infaillible »

Allongé aux côtés de l'« homo erectus »

« Et si on allait à Penly ? »

Profitant de la pause dans notre dialogue, un couple, attablé à deux mètres à peine, s'immisce dans nos retrouvailles.

« On est désolés de vous déranger, mais on voulait vous dire qu'on vous regarde tous les matins. »

Comme ce jour où une dame m'avait demandé un selfie à quelques mètres du corps de ma mère, foudroyée par une crise cardiaque en pleine rue, le retour à la réalité est brutal, mais bienveillant.

« Merci ! C'est adorable de me dire ça. »

Cette conversation, certes très aimable, commence au pire moment, quand Nelly a besoin de recueillement, et de calme. Mais c'est trop tard.

« Vous êtes de la région, monsieur Toussaint ?

– Oui, oui, mon père était né à Dieppe.

– Ah très bien, nous on est de Reims, on est retraités, on est là pour la semaine. On va profiter de l'été indien. »

Nelly a sorti un mouchoir en papier, elle essuie ses larmes et entre dans la discussion, pas si mécontente finalement de retrouver un peu de légèreté après avoir fouillé les ténèbres de son existence.

« C'est vrai qu'on a une belle arrière-saison. »

Quand le couple finit par se retourner et nous laisser à nouveau seuls, elle me dit dans un souffle des mots qui me brisent le cœur :

« Je n'ai pas eu une vie facile. Tous les soirs je pleure dans mon lit. »

Nelly se souvient de l'époque où un très grand jeune homme, plus d'un mètre quatre-vingt-dix, est venu s'installer à côté de la maison familiale. Il avait vingt ans.

Jean-Claude est rapidement devenu l'homme de sa vie. Elle avait tout juste quinze ans. Il a fallu une dérogation de la mairie pour le mariage. En avril 1966.

Ce jour-là, son père et sa mère la renient. Elle quitte le petit pavillon de son enfance avec une boîte à chaussures. Personne ne lui dit au revoir. C'est son frère Gérard qui la conduit à l'église. Ses parents sont dans une telle rage qu'ils refusent d'assister à la cérémonie. Elle est encore presque une enfant quand elle sort de l'église, toute de blanc vêtue.

Six décennies plus tard, elle décrit la scène mécaniquement, cette fois sans émotion particulière.

Comment ne pas penser à l'âge si précoce de Nathalie ? Nelly s'est-elle revue, presque vingt ans plus tôt ? A-t-elle sous-estimé le danger ?

Je vais payer nos consommations.

L'intérieur du bar ressemble à tous ces cafés populaires qui jalonnent les côtes de la Manche. Aucun luxe, aucun confort particulier, des chaises et des banquettes toutes simples, mais une forte identité locale, avec des fanions, des photos d'époque, et un immense comptoir où l'on sert encore des demis à moins de deux euros.

La patronne me salue chaleureusement.

Il est temps de partir et de refermer ce chapitre de souvenirs douloureux. Nelly semble apaisée d'avoir pu raconter tout ce qu'elle avait sur le cœur. Elle me prend par le bras et me dit tout doucement, à l'oreille :

« Et si on allait à Penly ? »

Une dizaine de kilomètres à peine nous séparent du lieu du drame.

Sous un soleil toujours généreux, nous longeons la côte et traversons les villages de Mesnil-Val et Criel-sur-Mer. Les falaises ont quelque chose d'agressif, et semblent défier la mer qui gagne du terrain, inexorablement.

Après une quinzaine de minutes de route, nous arrivons au village de Penly.

« C'est là », me dit-elle en me montrant l'entrée du lotissement Bel Air.

Rien n'a changé, si ce n'est que le crépi du pavillon au numéro 13 est un peu plus gris. Il règne en ce samedi après-midi un calme presque inquiétant. Comme si tout était figé depuis la tragédie du 18 octobre 1984.

« On n'a pas pu rester longtemps dans cette maison, après la mort de Nathalie, me dit Nelly. C'était trop de souffrance. »

Quarante ans plus tard, le village est resté le même. Tout est là. Sauf… la cabine téléphonique où Alfred a fait semblant d'appeler sa famille.

L'école du Vent marin est fermée le week-end. Impossible d'y entrer pour apercevoir ce qui a été « la scène de crime ». Ce qui me frappe, c'est la proximité avec le lotissement où vivaient les Fauvel. À peine trois cents mètres à vol d'oiseau.

Nelly me fait soudain penser à ces proches de victimes qui ont le besoin vital de raconter, détailler, explorer le drame. Une manière de ne jamais oublier, de garder « en vie » sa fille.

Je roule à trente kilomètres-heure à peine dans les rues du village. Je guette chez la mère de Nathalie le moindre souvenir, la moindre information. Mais une fois de plus, l'émotion reprend le dessus, et les mots se font plus rares.

Juste après

À quoi ressemblent les heures et les jours qui suivent la perte d'un enfant ? C'est le néant absolu, un trou noir.

Nelly a bien du mal à se remémorer ce qui s'est passé « après ».

Si ! Elle n'imaginait pas qu'on pouvait pleurer autant, et sans discontinuer. Un déluge de larmes, de cris, de hoquets. L'impression d'être transpercée, à son tour, par une lame… de dix-sept centimètres.

Alfred est interpellé par les gendarmes quelques minutes seulement après la découverte du corps. Il était rentré chez sa sœur, à Saint-Martin-en-Campagne, à quelques kilomètres de Penly.

Il n'oppose pas de résistance, et la garde à vue est très courte : il avoue les faits sans problème. Oui c'est bien lui qui a tué Nathalie. Oui il avait acheté un couteau de cuisine pour commettre ce crime. Oui il estime qu'elle s'est « bien foutue de lui ».

L'enquête est expéditive.

Dès le samedi, soit vingt-quatre heures après son arrestation, Alfred est inculpé (on ne dit pas « mis en examen » en 1984) pour assassinat, car la préméditation ne fait aucun doute.

Le dimanche, on pratique une autopsie sur le corps de Nathalie, qui ne révèle rien que les gendarmes ne savaient déjà. Et dans l'après-midi, une reconstitution est organisée dans la cour de l'école.

Le lendemain, une photo prise « depuis une grange entre deux ballots de paille » est publiée en première page du quotidien régional *Paris-Normandie*. On y voit Alfred vêtu d'une chemise blanche, et d'une veste claire grande ouverte. Les mains dans les poches, il est de profil, la tête haute. Au milieu d'une nuée de gendarmes.

Ce dimanche soir, il va passer la première nuit de sa vie en prison.

Deux enterrements

Il faut organiser des obsèques pour Nathalie.

Nelly en est incapable. Elle peut à peine se lever, on a dû l'emmener chez le médecin qui lui a prescrit des calmants.

C'est la mairie de Penly qui va payer les funérailles. Les frais de messe et surtout les pompes funèbres.

Le jour de l'enterrement, le ciel est sombre et menaçant, la température est polaire, avec ce vent de nord qui s'engouffre dans les ruelles de Criel-sur-Mer.

Une foule considérable s'est formée devant l'église Saint-Aubin, ce jeudi 25 octobre 1984.

Tout le village était là, les commerçants, le conseil municipal au grand complet, c'était impressionnant. Et puis il y avait aussi toute la clique, « la Crielloise », cette fanfare dirigée par Jean-Claude, et dont Nathalie était l'un des membres les plus actifs.

Elle venait d'avoir une médaille de la commune, pour récompenser son assiduité et son talent de musicienne. Meilleur tambour de la lyre !

Aux côtés de son père, premier clairon et de sa mère, à la grosse caisse.

Il n'y a pourtant aucune musique pour accompagner l'entrée du cercueil dans l'église. Pas un bruit. Pas même une rumeur.

Le prêtre prend la parole, et trouve les mots pour dire l'horreur et la dévastation.

« C'était une belle messe », me dit Nelly, encore bouleversée quarante ans après.

Les prières s'enchaînent, et c'est l'heure du dernier adieu. Le cercueil de Nathalie ressort de l'église dans un silence total. Le temps semble s'être arrêté dans le village.

Sur le petit parvis, les membres de la clique se rassemblent et avec courage se mettent à jouer la sonnerie aux morts, pour rendre un dernier hommage à leur amie, leur partenaire de fanfare. Le son des cuivres et des tambours résonne dans une atmosphère lugubre. Une pluie fine mais glaciale s'abat sur les instruments. Le morceau s'achève sans un bruit dans l'assistance.

Le cimetière est là, à quelques mètres.

Une sorte de haie d'honneur se forme naturellement, Nelly est littéralement portée par son mari.

Photo de la Crielloise. Nathalie est au deuxième rang, à gauche, juste à côté d'une jeune fille blonde à lunettes. Son père, Jean-Claude, surplombe l'ensemble, avec son collier de barbe, tout en haut à gauche. Nelly est au centre, en bras de chemise blanche.

Mais à la vue de la tombe, elle s'effrondre. C'en est trop. On la transporte à bout de bras jusqu'à la voiture. Elle hurle, au milieu de cette foule impuissante.

Quelques jours plus tôt, une scène similaire s'est déroulée à l'autre bout de la France.

Le petit Grégory est enterré à Lépanges, dans les Vosges, le 20 octobre. Son corps a été retrouvé dans la Vologne. Contrairement aux obsèques de Nathalie qui n'intéressent pas les médias, les images de l'enterrement du garçonnet font la une des journaux de 20 heures. Plusieurs centaines de personnes sont réunies dans un climat de sidération et de colère face à un meurtre aussi horrible.

Christine Villemin arrive dans un état quasi second. Elle a les deux bras enlacés autour du cou de son mari Jean-Marie et pleure sans pouvoir s'arrêter.

Des dizaines de micros et de caméras sont présents.

Le petit cercueil entre dans l'église, la cérémonie débute dans un profond recueillement, mais au moment du Notre Père, de nombreuses voix se taisent pour ne pas prononcer la phrase :

« Pardonnez nos offenses comme nous pardonnons à ceux qui nous ont offensés. »

L'entrée dans le cimetière est un supplice. Christine Villemin ne peut plus marcher, elle est victime d'un malaise. Comme Nelly. Deux mères en deuil, dont l'enfant a été assassiné.

Nathalie Fauvel 1970-1984

C'est l'un des rares cimetières coupés en deux par une route départementale. Voilà ma première impression, lorsque je me rends, seul, sur les lieux, à Criel-sur-Mer, quarante ans plus tard. Collées à l'église, et sur une centaine de mètres, plusieurs rangées de sépultures. Et puis, de l'autre côté de la route, une sorte d'extension. Je cherche la tombe de Nathalie.

Je mets de longues minutes à la trouver.

La pierre tombale a vieilli. L'inscription aussi.

Nathalie Fauvel 1970-1984

Je déteste les cimetières. Je ne comprends pas ce qu'on vient y faire. C'est pour moi une hérésie. Néanmoins, je scrute les lieux, comme pour découvrir un indice, ou un signe qui expliquerait un peu plus le drame.

J'ai finalement une pensée très forte et solennelle pour cette adolescente qui avait quasiment le même âge que moi. Et qui n'est aujourd'hui qu'un lointain souvenir.

Le jour de l'enterrement, la foule submergée par l'émotion ne remarque pas une Renault 18 grise garée un peu plus haut dans la côte qui longe le cimetière. À bord du véhicule, un homme et une femme, qui patientent. Ils ont une vingtaine d'années, à peine, et passent inaperçus.

Mais quand tout le monde est parti, ils ouvrent les portières et descendent de la voiture. Emmitouflés dans des manteaux et des écharpes, pour être encore plus discrets, les voilà qui s'avancent vers le cimetière redevenu désert.

Ils cherchent la sépulture de Nathalie, et lorsqu'ils la découvrent, ils déposent une plaque funéraire de petite taille sur laquelle sont gravés quatre mots :

À mon amie Nathalie

La jeune femme laisse éclater des sanglots, son compagnon la prend par les épaules pour la consoler, puis le couple s'en va et remonte dans la Renault 18.

Dans l'après-midi, Nelly et son mari Jean-Claude sont de retour au cimetière pour déposer de nouvelles gerbes de fleurs. Ils découvrent la plaque et devinent immédiatement qu'elle a été placée là par la sœur d'Alfred, Martine, qui adorait Nathalie, mais qui avait fait le choix bien compréhensible de ne pas assister à l'enterrement.

Pris d'une rage folle, les parents se saisissent de l'objet, remontent dans la voiture et foncent vers le village de Saint-Martin-en-Campagne. À toute allure, ils arrivent devant le mobil-home où vit la sœur d'Alfred.

Ils jettent la plaque dans le petit jardin en hurlant comme des damnés :

« C'est à cause de toi que notre fille est morte ! »

Nelly est à bout de forces et à bout de nerfs. Elle vit ce geste comme une provocation. Ça lui est insupportable.

Elle s'agenouille dans la rue et se met à prier le Ciel qu'on arrête ses souffrances. Son mari la relève difficilement. Il faut rentrer maintenant. Pour les enfants. Ceux qui restent. Et qui ont encore tant besoin d'affection.

En arrivant devant leur petit pavillon, les parents de Nathalie reconnaissent tout de suite la silhouette de Claudine. Elle était dans la foule à l'église de Criel, s'est inclinée devant la tombe, et ce soir elle veut dire adieu une dernière fois à Nathalie, sa meilleure amie. Les deux adolescentes étaient inséparables. Claudine sait tout. On lui ouvre la porte de la chambre de Nathalie, devenue un sanctuaire. L'émotion est immense. Sans un mot, elle contemple cette pièce où elle a passé tant de temps avec son amie. Puis elle saisit une peluche, demande d'un regard l'approbation de Nelly, qui, bien sûr, la laisse repartir avec cet ultime souvenir.

Claudine

2025.

Claudine ne répond pas.

C'est la mère de Nathalie qui m'a parlé de celle qui était la confidente de sa fille.

Elle m'a donné son nom, et un bout de son adresse.

Alors, j'ai essayé de la joindre. Sans succès.

J'ai utilisé les réseaux sociaux. Facebook et Instagram montrent des signes de vie de Claudine. Mais elle n'a pas donné suite à mes tentatives. J'ai même missionné mes enfants, bien plus geeks que moi. Ils ont multiplié les démarches, notamment en passant par des proches. En vain.

Google Earth m'a permis de localiser sa maison, dans cette campagne normande qui semble si paisible. J'ai pu voir un portail fermé, des rideaux baissés, mais toujours aucune possibilité d'entrer en contact avec celle qui, j'en suis sûr, sait tout sur ce drame.

On ne baisse pas les bras, quand on mène une enquête. Pour un peu, j'envisagerais d'engager un détective privé, et de pousser la porte de la célèbre maison Duluc, dont l'enseigne lumineuse trône au-dessus de la rue du Louvre.

Mais ma fille, journaliste en herbe et experte des réseaux sociaux, sera sûrement plus efficace. Je lui demande d'insister.

Jusqu'au jour où elle m'appelle et me hurle :

« J'ai retrouvé Claudine ! »

L'ex-meilleure amie de Nathalie a changé de nom, à la faveur de son mariage, et n'habite plus dans la même commune.

La quête commence.

Son frère répond à nos appels.

« Je ne parle plus à ma sœur », nous dit-il.

Nouvelle désillusion.

L'un de ses enfants finit par nous envoyer balader :

« C'est un fake, votre histoire, elle ne veut pas vous parler. »

À force d'alerter matin, midi et soir sur les arnaques au téléphone ou sur les réseaux, une méfiance générale s'est installée. Mais Claudine est à un clic de nous. Comment la convaincre que ce n'est pas une imposture ? Et que son témoignage est crucial dans mon investigation ?

J'ai alors l'idée de faire une vidéo. Quelques dizaines de secondes pour expliquer ma démarche et prouver mon identité.

Si je le pouvais, j'ajouterais à cette phrase un emoji du bonhomme qui lève les yeux au ciel. Car je commence à sérieusement m'agacer face à ces échecs répétés.

« Bonjour,

Il y a quelques jours, ma fille Lola est entrée en contact avec vous… »

Je suis sur le point d'envoyer la vidéo, quand ma fille m'en dissuade. Visiblement, personne ne croit à cette histoire de livre.

Mais il me reste une carte en main : le frère de Claudine. C'est lui qui nous a mis sur la bonne piste. Je le contacte et il finit par me rappeler, très courtoisement.

« Je me souviens très bien du drame de Nathalie, me dit-il. Tout le village était sous le choc. »

Je lui demande s'il était proche d'elle.

« Non, me répond-il, pas plus que ça, mais moi aussi j'étais dans la Clique, la fameuse fanfare de Criel, je la voyais donc chaque semaine. Je suis allé à l'enterrement, c'était horrible… »

Pourquoi ne parle-t-il plus à sa sœur ?

« Des histoires de famille… »

Je le remercie chaleureusement, mais je dois renoncer à m'entretenir avec Claudine. Triste réalité d'une enquête menée quarante ans après un drame.

Et si tu n'existais pas

Nathalie.

Depuis des mois, je cherche au fond de ma mémoire toutes les images, toutes les bribes de souvenirs qui pourraient m'aider à brosser son portrait.

Le principal témoin de son adolescence si brutalement interrompue est son petit frère Rémy.

Ils avaient deux ans d'écart, à peine, et vivaient comme des jumeaux.

Inséparables.

Mais Rémy a été terrassé par une crise cardiaque, il y a quelques années, à l'âge de quarante-huit ans.

Encore un acteur essentiel de cette affaire réduit au silence.

Magalie, sa fille, est la « nièce » que n'a jamais connue Nathalie.

Quand je l'appelle ce matin-là pour parler de son père, et du lien si fort qui s'était noué avec sa sœur, je sens une vive émotion au bout du fil.

« Il n'avait que douze ans quand elle a été assassinée, mais elle a marqué sa vie à tout jamais. Il en parlait tout le temps, parfois pendant des heures. »

L'adolescente qu'il décrivait était une forte personnalité.

« Affirmée, sûre d'elle, elle ne manquait pas de caractère et pouvait même se mêler à la bagarre quand son petit frère était en embrouille avec d'autres garçons. »

Magalie se souvient d'une phrase prémonitoire que son père répétait souvent :

« Elle n'avait peur de rien, et c'est ça qui l'a tuée. »

Le jour du drame, Rémy est en panique. Sa sœur disparaît toute la soirée, il participe aux recherches et le lendemain matin, il est avec son père dans la voiture, lorsqu'Alfred refait surface et annonce qu'il a « dézingué » Nathalie.

Il a tout vu, tout entendu.

Il dit, avec certitude, que Nathalie a rejeté son futur bourreau.

« Je ne t'aime pas, tu es trop vieux. »

Pendant des années, il nourrira le projet de retrouver Alfred, entre-temps sorti de prison.

Pour se faire justice lui-même.

Magalie se remémore ces longues discussions avec son père, mêlées de nostalgie et de regrets.

« La vie serait différente si elle avait vécu. Elle nous aurait aidés, soutenus, elle se serait occupée de toi, de tes frères et sœurs, car elle avait le cœur sur la main ».

Du haut de ses vingt-six ans, et avec un bébé de trois mois dans les bras, Magalie revoit son père, qui, immanquablement, commençait à parler de Nathalie avec un grand sourire, voire des éclats de rire, et finissait par fondre en larmes.

Surtout s'il se décidait à écouter cette chanson de Joe Dassin, devenue l'hymne de sa solitude et de ce lien rompu à jamais.

Et si tu n'existais pas, dis-moi pourquoi j'existerais.

Pour traîner dans un monde sans toi,

Sans espoir et sans regret.

Les larmes coulaient sur le visage de Rémy dès les premières notes de ce morceau à l'origine italien, signé Toto Cutugno.

Je le réécoute à mon tour et je saisis encore plus la douleur de l'absence, pour ce frère qui a dû faire ses adieux à sa sœur, alors qu'il n'était qu'un enfant.

Je remercie Magalie.

« Ah, et puis, me dit-elle, je suis née le 28 mai, comme Nathalie. Et j'ai bien failli porter ce prénom. C'est ce que mon père voulait, mais ma mère s'y est opposée au dernier moment. »

Un hiver sans fin

« *Winter is coming.* »

Mais ce n'est pas une fiction.

En cette fin octobre 1984, Nelly entre dans un hiver sans fin.

Des semaines, des mois, des années à ressasser le déroulement du drame.

Mais pourquoi a-t-elle laissé Nathalie franchir la porte ce soir-là ?

« J'aurais dû lui parler, la mettre en garde », me dit-elle.

Des regrets ?

Oui, évidemment. Des tonnes.

Dans les jours qui suivent l'enterrement, Nelly entre dans la chambre de sa fille. Elle s'assoit sur le lit recouvert de draps blancs et pleure à chaudes larmes pendant des heures entières. Seule.

Peut-on se remettre de la mort d'un enfant ?

Non.

Parfois, la tristesse infinie laisse place à la colère. Comme ce jour de juillet 1985 où la famille Fauvel apprend qu'Alfred a déposé une requête pour obtenir une mise en liberté provisoire.

C'est trop tôt, c'est insupportable.

Via leur avocat, Nelly et Jean-Claude écrivent au juge en charge du dossier :

« Nous protestons contre cette demande qui paraît insultante à notre égard et pour le moins prématurée, l'odieux crime dont s'est rendu coupable ce monsieur remonte à un peu plus de neuf mois.

Il serait d'ailleurs très dangereux pour lui qu'il soit remis en liberté, car nous ne pouvons répondre de notre réaction, et de celle de la population de Penly. »

Alfred multipliera les procédures pour quitter, provisoirement, la prison de Dieppe avant d'être jugé.

Elles seront toutes rejetées.

Au printemps 1987, le juge clôt l'instruction. Il décide de réunir Alfred et les parents de Nathalie dans son bureau pour leur signifier le renvoi en cour d'assises.

Mais, très vite, le ton monte.

L'accusé coupe le magistrat, conteste le moindre détail de l'enquête, et affirme avec une impudence folle, que sa relation avec Nathalie était non seulement consentie, mais voulue par la victime.

Nelly est outrée. Elle se lève et se met à crier sur Alfred.

C'en est trop pour le juge qui demande l'intervention des gendarmes présents dans la salle.

« Maintenant, monsieur V., vous vous taisez ! Et vous, madame Fauvel, si vous ne vous calmez pas, je vous fais sortir ! »

L'altercation est telle que l'un des gendarmes met la main sur son arme et menace de s'en servir.

La réunion se poursuit dans un climat de tension extrême.

Tout au long de l'instruction, Alfred n'aura de cesse d'attaquer, de contre-argumenter, de débattre de chaque pièce du dossier.

Comme si, au fond, il s'était préparé toute sa vie à subir cette épreuve judiciaire et procédurière.

La tour des archives

Que reste-t-il d'un drame comme celui de ma cousine Nathalie ? Des souvenirs de plus en plus lointains, une colère enterrée, et… un dossier judiciaire.

Il porte le numéro 3966 W 149-150.

Ce sont deux grosses boîtes que j'ai enfin le droit de consulter après des mois de démarches.

L'accès aux archives départementales est très encadré. Pour un meurtre, il faut une dérogation qui doit être signée par le procureur général, mais aussi validée par le préfet. Pour un peu, il faudrait même l'aval du garde des Sceaux et de Matignon.

Mais ce sont des informations sensibles, confidentielles, qui méritent un tel dispositif.

Après d'innombrables mails, requêtes et autres prières, j'obtiens donc le feu vert, grâce aussi à un ami, avocat à la Cour de cassation et au conseil d'État, particulièrement déterminé.

Ce qui me frappe à cet instant, c'est que le parquet est uniquement préoccupé par la victime.

On me demande, pour justifier l'ouverture de ces archives, d'expliquer point par point si j'ai l'autorisation de la famille de Nathalie pour écrire ce livre. Pas un mot, pas une question sur le meurtrier.

Nathalie se retrouve enfin au cœur de ce dossier. Mais il aura fallu attendre plus de quarante ans.

Ce lundi de juillet 2025, je prends la route pour Rouen. J'ai rendez-vous à l'hôtel du département, un immeuble style Le Corbusier, qui a été conçu à la fin des années 1950 pour être « la préfecture de l'an 2000 ». Jouxtant l'immeuble, la tour des archives impressionne avec ses vingt-huit étages.

Je resterai au rez-de-chaussée. C'est là qu'on accueille les visiteurs. On me remet un ticket, puis on m'indique la salle de lecture. Tout a été parfaitement organisé par la directrice des archives départementales, qui s'est montrée très efficace et accueillante. Au point d'interrompre ses vacances, pour me proposer de déjeuner avec elle. Notre long échange de mails se conclut par ces mots :

« Chinois, ça vous va ?

– Chinois, c'est très bien, merci encore pour tout. »

Mais avant de retrouver Mme H. pour un déjeuner qui s'avérera très sympathique, j'entre dans une vaste pièce qui me fait immédiatement penser au CDI de mon lycée. Des bibliothèques, des tables, et trois autres personnes qui travaillent en silence. Enfin, presque. Une Américaine volubile interpelle à plusieurs reprises le personnel pour des renseignements sur son père, héros de la Seconde Guerre mondiale, mais ayant mené une double vie, en France et aux États-Unis.

Je fais abstraction de ce vacarme passager pour ouvrir enfin la première boîte du dossier.

Je découvre des centaines de procès-verbaux, lettres, factures, demandes de renseignements, tamponnés par des magistrats, et toutes sortes d'administrations judiciaires.

Soudain, je deviens l'étudiant que je n'ai jamais été, puisque mon CV ne compte qu'un maigre baccalauréat, et je commence à potasser.

Très vite, je fais le tri entre les documents de procédure, assez peu intéressants, et les pièces qui recèlent des informations passionnantes pour la compréhension de l'affaire.

Par exemple, les auditions de témoins. Tout est là. Dans mes mains.

Les gendarmes ont entendu des dizaines de personnes. Les amis d'Alfred, ses frères et sœurs, les voisins, les collègues.

Je révise tout de suite mon jugement sur l'enquête expéditive que j'avais imaginée. C'est l'inverse. Les enquêteurs ont pris cette instruction très au sérieux et ont remonté avec une précision sans faille les jours et les semaines qui ont précédé la tragédie.

J'épluche le dossier. Et je m'arrête sur une longue liste. Ce qu'on pourrait appeler dans un polar « les pièces à conviction ».

Les vêtements que portait Nathalie le soir de l'assassinat.

L'arme du crime, un couteau de cuisine.

Des lettres.

Des lunettes.

Tous les éléments qui ont été saisis au domicile d'Alfred, ou sur les lieux du meurtre.

Certains n'ont aucun intérêt, d'autres au contraire confirment la préméditation de l'acte.

Ce macabre inventaire me glace le sang.

Mais, quelques minutes plus tard, j'ai le souffle coupé en ouvrant une épaisse chemise portant la mention « Dossier photographique ». Le matin du 19 octobre 1984, les gendarmes n'ont pas seulement constaté le drame, ils ont également pris de nombreuses photos.

J'ai un mouvement de recul et, j'ose le dire, certaines images me soulèvent le cœur.

Nathalie est là, sous mes yeux.

Son corps est positionné sur le dos. Elle porte une petite jupe en jean et un anorak vert. Elle a une main sur le ventre. Elle est étendue dans la terre, le long de l'immeuble préfabriqué qui servait d'école dans la commune de Penly.

Je tourne chaque page avec une infinie précaution, comme si j'étais dans un sanctuaire.

Sur l'image suivante, on distingue très clairement le visage de l'adolescente, totalement ensanglanté. Ses yeux sont ouverts. La terreur se lit encore sur son visage.

Sur un autre cliché, les gendarmes zooment sur d'immenses traces de sang recouvrant le mur de l'école.

Que s'est-il passé ?

Nathalie semble s'être débattue, alors qu'elle avait déjà reçu plusieurs coups de couteau.

J'hésite à poursuivre. Ce sont des images insoutenables. Mais la curiosité et l'envie de comprendre l'emportent.

Photo suivante.

C'est bien ce que je craignais. Le pire était à venir.

Les gendarmes ont retourné le corps.

L'arme est toujours là, comme l'avait dit le maire aux parents de Nelly. Plantée dans le dos de la victime. C'est un couteau comme on en trouve dans toutes les cuisines, avec un manche en bois.

La lame est entièrement enfoncée dans les reins de Nathalie. Jusqu'à la garde.

Je travaille sur cette affaire depuis des mois, j'ai tout imaginé, retracé, disséqué mais ces images me confrontent à une réalité brutale.

L'assassin a tué, en succombant à une rage et une sauvagerie sans nom.

J'ai rarement vu quelque chose d'aussi effrayant.

Je suis sur le point de refermer le dossier, mais un ultime cliché attire mon attention. C'est un gros plan sur un paquet de cigarettes, des Gauloises blondes avec filtre.

Nathalie les avait laissées tomber, sans doute parce qu'elle tremblait de peur.

« Ramasse-le ! » lui avait dit Alfred à cet instant, avec empressement et autorité.

Selon le témoignage du meurtrier, c'est au moment où elle s'est penchée pour récupérer le paquet qu'il lui a assené le premier coup de couteau. S'en prendre à une enfant de quatorze ans, c'était déjà ignoble, le faire quand elle est quasiment à terre, c'est d'une lâcheté absolue.

Il me faut de longues minutes pour reprendre mes esprits. Je replace le classeur dans la boîte. Et je consulte mon téléphone machinalement, comme pour revenir à la vie.

Cette quête de la vérité, aussi éprouvante soit-elle, de nombreuses familles l'ont entreprise. La directrice des archives départementales me confie qu'elle est submergée de demandes concernant des féminicides oubliés. Des enfants, devenus adultes, cherchent à percer le mystère de la mort de leur mère.

Ce qu'on leur a raconté à l'époque n'était qu'une fable. Pendant des décennies, des milliers de femmes sont tombées sous les coups de leurs conjoints. Mais rarement ces crimes étaient reconnus comme tels.

Des années plus tard, avec la libération de la parole, on s'accorde le droit de savoir et de prononcer le mot « féminicide ».

Qui peut faire ça ? Quel être humain normalement constitué peut commettre un acte d'une telle cruauté ?

Après des mois d'investigation, la personnalité d'Alfred V. reste un mystère pour moi.

Bien sûr, la mort de son père par pendaison est un traumatisme absolu. Mais tous les fils de suicidés ne deviennent pas des meurtriers.

L'alcool joue un rôle essentiel dans sa descente aux enfers. Il boit beaucoup. Certains jours, plus de quinze verres de vin.

Dans les jours qui précèdent le drame, il passe ses journées au café. Parfois, il consomme du whisky dès le matin.

Et il écoute de la musique. Pendant des heures.

Le patron du bar Au bon accueil, à Saint-Martin-en-Campagne, se souvient qu'Alfred utilisait le juke-box, cette machine, devenue célèbre dans les années 1960, qui n'existe plus aujourd'hui et qui permettait d'écouter des 45 tours, contre une petite pièce de monnaie.

« C'est drôle, les derniers jours, il écoutait la même chanson en boucle, "Femme libérée" de Cookie Dingler. »

Le titre est sorti, quelques semaines plus tôt, le 1er juillet 1984. C'est le tube de l'été.

Ne la laisse pas tomber, elle est si fragile…

Une veste de blazer beige

À quoi ressemble Alfred ?

Je sais, grâce à mon enquête, qu'il mesure 1 m 76 et pèse environ quatre-vingt-cinq kilos.

Il souffre de myopie.

Fume deux paquets de cigarettes par jour.

En prison, il se fera tatouer à plusieurs reprises.

Mais je n'ai jamais vu son visage.

Ce matin-là, à Rouen, en ouvrant un dossier sobrement intitulé « Reconstitution », je découvre des photos en couleurs, prises le samedi 20 octobre 1984, en début d'après-midi.

Le procureur de Dieppe et le capitaine de la gendarmerie locale ont amené Alfred sur les lieux du drame. On lui demande de refaire les mêmes gestes, aux mêmes endroits.

Je suis assez déconcerté devant l'image du meurtrier.

On se fait toujours une idée, et, pour être honnête, je ne l'imaginais pas du tout comme ça.

Il porte une veste de blazer croisée de couleur beige, un pantalon noir, des mocassins, une chemise blanche avec des motifs que je n'arrive pas à définir. Ses cheveux sont bruns, il a une barbe et une moustache de quelques jours.

Ça me coûte de le dire, mais il a un peu d'allure.

Sa veste ouverte laisse apparaître un embonpoint.

C'est M. Tout-le-monde. C'est votre voisin, votre ami, votre collègue.

Ah oui, une autre chose me frappe ! On dit que Nathalie faisait plus que son âge. Lui, il a bien les traits d'une personne qui va avoir trente ans. Pas de doute.

Ce qui retient aussi mon attention, c'est son langage corporel. Il n'a pas l'air accablé. Bien sûr, il ne sourit pas. Mais il semble concentré et se prêter de bonne grâce à cet exercice imposé.

Il retourne dans la cabine téléphonique où il prétexte un coup de fil à sa mère, puis dans une rue.

C'est un gendarme qui joue le rôle de Nathalie.

Sur une autre photo, on voit très clairement qu'Alfred a sorti son couteau bien avant d'entrer dans l'école.

Il la menace, au milieu de ce chemin, à quelques mètres du portail d'une maison.

« Maintenant, tu viens », dit la légende de ce cliché.

Sur cette planche photographique apparaissent le ciel gris, la pluie, le vent. Une atmosphère automnale et un décor de campagne un peu paumée, avec des champs, une route à peine bitumée. Avec cette météo maussade, il y a une forme de misère qui se dessine. Une laideur propice à un acte infâme.

paris normandie

LE REALISATEUR EST MORT A 52 ANS

Truffaut ou l'amour du 7e art

JOINVILLE-LE-PONT

Les retrouvailles de Chirac et V.G.E.

La chevauchée fantastique

Prost vainqueur à Estoril... mais Lauda décroche le titre

POLOGNE

L'opposition se mobilise

Abouchar condamné

"Pour l'exemple"

Attentats à Montrouge et Saint-Cloud (trois blessés)

Action directe frappe encore

Dans la cour de l'école de Penly

L'assassin de Nathalie

Dix jours après la mort du brigadier Léon

Texeira arrêté

Un détail me frappe : l'assassin tient le couteau dans sa main gauche, lorsqu'il menace Nathalie. Puis il change de main pour la frapper.

« Je suis droitier », dira-t-il aux enquêteurs pour se justifier.

Des reporters de *Paris-Normandie* ont saisi quelques clichés de cette reconstitution. Une photo prise de loin est même à la une du journal régional, et côtoie la victoire de Niki Lauda au championnat du monde de Formule 1 et la mort de François Truffaut.

L'aplomb d'Alfred est un élément essentiel de cette affaire.

Il n'a jamais nié ni les faits, ni le mobile. Il coopère avec la justice. Comme s'il participait lui aussi à l'enquête.

Pour preuve : ces dizaines de lettres envoyées au juge d'instruction. Quelques jours seulement après son incarcération, il commence une longue correspondance avec le magistrat pour expliquer son geste, mais aussi donner d'innombrables détails sur son parcours d'adolescent et de jeune homme.

Les courriers sont écrits à la main, avec un soin remarquable. Il n'y a pas la moindre faute d'orthographe. Alfred utilise des mots et des formules recherchés. Il y a quelque chose de littéraire dans sa façon de s'exprimer, ce qui tranche avec son parcours scolaire qui s'est arrêté au certificat d'études.

Comme un jouet brisé

Est-ce qu'un procès peut calmer la colère et aider le travail de deuil ?

Pas ce procès-là, en tout cas…

Les années ont passé.

Trois hivers, trois étés.

Sans Nathalie.

Le 23 septembre 1987, les jurés de la cour d'assises de Rouen doivent juger Alfred, qui vient de purger trente-cinq mois de détention préventive.

Il comparaît pour assassinat.

Ce matin-là, à la radio et dans les gazettes, on s'indigne après les propos de Jean-Marie Le Pen qui qualifie les chambres à gaz de « point de détail de l'histoire de la Seconde Guerre mondiale ».

La France est en pleine cohabitation. La première de l'histoire de la Ve République. Jacques Chirac est à Matignon, mais la présidentielle qui aura lieu en mars 1988 est déjà dans tous les esprits.

Tous les soirs, les visages des otages du Liban apparaissent après les titres du journal de 20 heures sur Antenne 2. Jean-Paul Kauffmann, Marcel Carton, Marcel Fontaine, Jean-Louis Normandin et Roger Auque sont détenus, pour certains d'entre eux, depuis près de trois ans.

Pourtant, c'est une immense star américaine qui alimente toutes les discussions depuis quelques jours. Qu'est-il arrivé à Michael Jackson ? Le chanteur sort son septième album, *Bad*, mais sur la pochette, il a encore changé physiquement. Sa peau est plus claire, son nez plus fin, le roi de la pop choque autant qu'il enchaîne les tubes. Seuls Jean-Jacques Goldman et Johnny Hallyday lui résistent à la tête des hit-parades.

Voilà la France de 1987, qui s'apprête à juger un homme qui risque la perpétuité. Six ans tout juste après l'abolition de la peine de mort sous l'impulsion de Robert Badinter.

Le palais de justice de Rouen a des faux airs de cathédrale gothique. Dans cette ville où l'on compte presque autant d'églises que d'habitants, l'édifice est imposant, par son style et son histoire.

Il a d'abord abrité l'Échiquier de Normandie, sorte de parlement régional au XVIe siècle avant de devenir cet antre de la justice.

Si l'on regarde de près, on peut apercevoir les stigmates du bombardement d'avril 1944, qui a partiellement rasé la ville, puis celui du 26 août de la même année, juste avant la libération de Rouen.

Il est un peu plus de 9 heures quand le président de la cour d'assises, le conseiller Main, pénètre dans la salle d'audience. Un lieu majestueux avec un plafond à caissons, aux peintures et boiseries style Renaissance. Cette partie du palais, un joyau d'architecture a été entièrement rasée pendant la guerre, il a fallu la reconstruire à l'identique, avec le même bois de chêne vieilli. Le décor est d'une solennité absolue.

Au fond de la pièce, surplombant le président de la cour, un tableau gigantesque représente une descente de croix du Christ. Un silence presque religieux s'est installé, chacun retient son souffle au moment où le procès démarre enfin.

Ce jour-là, deux familles sont en larmes.

D'un côté, Nelly et son mari Jean-Claude, confrontés à l'impossible deuil de leur fille, sont accompagnés de la grand-mère de Nathalie, Éliane, et de ma propre grand-mère Colette, la grand-tante de la victime.

De l'autre, prennent place la mère d'Alfred V., sa sœur et son beau-frère.

Quelques journalistes locaux ont fait le déplacement, mais pas la presse nationale, qui depuis le début ne s'est pas intéressée à cette affaire.

9 h 15, Alfred entre dans le box des accusés avec une nonchalance qui surprend l'assemblée.

Il est vêtu d'une chemise à carreaux, d'une veste en velours et porte des lunettes à fine monture.

Il a fêté ses trente-deux ans en détention et arbore désormais une petite moustache.

Face à lui, neuf jurés ont pris place.

Trois hommes et six femmes, toutes mariées.

Cette forte représentation féminine va-t-elle peser dans la décision finale ?

Ces jurées, dont certaines sont sans doute mères de famille, vont-elles réclamer la plus grande sévérité contre le meurtrier d'une adolescente, qui pourrait être leur fille ?

Ou bien faire preuve de compassion face à cet assassin, qui pourrait aussi être leur fils ?

C'est tout l'enjeu de cette audience qui, comme tous les procès d'assises, commence par la parole donnée à l'accusé.

« Levez-vous, monsieur V. »

D'une voix blanche, Alfred décline lentement son identité, sa situation familiale, « célibataire », son dernier métier, « magasinier », son adresse dans le Nord, chez sa mère.

Elle s'appelle Jacqueline, c'est une femme d'à peine cinquante ans, qui a déjà eu la douleur de perdre son mari. Placée juste à côté du box, elle peut toucher son fils, lui parler. À plusieurs reprises, elle se jette sur lui, et le prend dans ses bras comme un petit enfant. La sœur d'Alfred,

Martine, réagit elle aussi régulièrement, avec force, aux côtés de son compagnon Mouloud. Le couple est éploré, et bruyant.

Leur comportement choque les parties civiles.

Les rôles semblent inversés.

Les journalistes présents dans la salle découvrent médusés ce personnage qui semble absent, tant ses mots sont rares, et qui fait néanmoins preuve d'une précision chirurgicale lorsqu'il s'agit de décrire le couteau qu'il choisit ou les coups qu'il porte à Nathalie.

Dans *Les Informations dieppoises*, on pourra lire un oxymore peu fréquent dans les comptes-rendus d'audience : « Malgré toute l'horreur de son acte, il a fait preuve d'une profonde honnêteté. »

Il a effectivement le mérite, si l'on peut dire, de ne chercher aucun faux-fuyant. Il ne nie rien, assume tous ses actes, avec une franchise parfois glaçante.

Pendant plus de trois heures, experts et témoins se succèdent à la barre et retracent le déroulement des faits.

Face à la monstruosité de son crime, Alfred n'exprime aucune émotion particulière.

Nelly, la mère de Nathalie, est stupéfaite. D'autant que jamais, au cours du procès, Alfred n'exprimera le moindre regret.

L'un des premiers à prendre la parole est le médecin légiste. Le docteur Anagnostides explique pour commencer que la victime paraissait plus âgée que ses quatorze ans. Puis il décrit les coups mortels que Nathalie a subis. Sur les dix coups de couteau reçus, trois vont atteindre des organes vitaux : le larynx, le poumon et le cœur.

Pourquoi Alfred a-t-il frappé avec une telle rage ? Pourquoi s'est-il acharné sur cette adolescente ? Le président de la cour d'assises questionne Alfred, qui ne répond pas.

Nelly craque et s'effondre, son mari Jean-Claude se crispe puis se met à trembler.

Le procès, qui ne va durer qu'une journée, à peine, est immédiatement plongé dans la réalité d'un effroyable bain de sang.

L'assassin a frappé Nathalie de face puis dans le dos. Encore et encore.

Avec une force et une ardeur qui pétrifient l'assistance et qui tranchent aussi avec l'apparence de ce jeune homme, peinant à aligner deux phrases, parlant à voix basse et semblant presque se demander ce qu'il fait là.

Toujours dans la presse locale, on peut lire que « Alfred V. se présente à la barre comme un pauvre type sur la tête duquel seul le ciel ne serait pas tombé ».

Il est temps d'entendre l'expert psychiatre. Le professeur Lery est appelé à la barre.

Oui, dit-il, l'accusé a une évidente fragilité psychologique. La découverte du corps de son père, pendu, a bouleversé la vie de cet adolescent alors âgé de quinze ans. D'ailleurs, Alfred va lui-même faire plusieurs tentatives de suicide.

Quel est le lien entre ce traumatisme réel et le meurtre de Nathalie ? A priori, « il n'y a pas de cause à effet », répond le médecin.

« Je peux affirmer que l'accusé n'est pas quelqu'un de délirant ni de pervers », ajoute-t-il. L'expert va néanmoins mettre en avant un trait de personnalité d'Alfred qui pourra être une clé pour expliquer ce drame. « Il n'aime pas qu'on se moque de lui, et il a eu le sentiment d'être floué, manipulé, trompé dans sa confiance. »

Dès lors, un mécanisme s'est mis en place. Jusqu'au passage à l'acte. Le professeur Lery explique que ce processus n'était pas irréversible, mais que rien n'est survenu pour l'arrêter.

A-t-il agi dans une sorte de crise de démence ?

Le médecin assure que non, même si l'on relève chez Alfred des « traits névrotiques et l'attitude d'un frustré psychorigide ».

L'accusé écoute les propos de l'expert, sans broncher.

Quand le président du tribunal lui demande des précisions sur les jours qui précèdent le drame, pour tenter de comprendre l'engrenage macabre qui s'est enclenché, Alfred répond, sur un ton monocorde, comme si on parlait de quelqu'un d'autre.

« Pourquoi avez-vous acheté ce couteau ?

– Je l'ai acheté, c'est tout.

– Mais vous aviez déjà en tête le meurtre que vous alliez commettre ?

– Oui c'était pour la tuer. »

Le père de Nathalie est appelé à témoigner. C'est un homme réservé, taiseux, accablé par la perte de sa fille et sans doute aussi par la culpabilité de ne pas avoir empêché la tragédie trois ans plus tôt.

« Ta fille, je l'ai dézinguée. »

À la barre, Jean-Claude Fauvel raconte l'incroyable revendication du meurtre ce matin du 19 octobre, lorsqu'il croise Alfred par hasard, dans la campagne normande.

Un long silence ponctue sa déclaration.

Quarante ans plus tard, Nelly, qui n'a pas été appelée à s'exprimer ce jour-là, regrette amèrement de ne pas avoir dynamité ce procès.

« Il n'y en avait que pour Alfred, me dit-elle. On a insinué que ma fille était une traînée »

C'est vrai que plus l'audience avance, plus la défense de maître Quatravaux, l'avocat de l'accusé, se précise. Ténor du barreau de Dieppe, il a décidé de tout miser sur les failles d'Alfred, ce jeune homme paumé, meurtri par les épreuves au cours de son existence et qui va croire à l'amour de sa vie.

Dans cette stratégie bien établie, la déposition de Jacqueline, la mère de l'assassin, est primordiale. Digne, apprêtée, c'est une femme au ton assuré qui se présente face aux jurés. Elle va raconter, avec un aplomb saisissant, une tout autre histoire.

« C'était un couple », dit-elle, avec un fort accent du Nord. Elle décrit « deux tourtereaux qui s'entendaient très bien ».

La famille de Nathalie laisse éclater son indignation.

Ma grand-mère Colette, présente également, et qui n'a pas sa langue dans sa poche, ne peut pas s'empêcher d'intervenir. Elle alpague le magistrat :

« Comment pouvez-vous laisser dire de telles sottises ! »

Sa prise de parole inopinée déclenche un incident. Les gendarmes chargés d'assurer la sécurité de l'audience menacent de l'évacuer.

Une fois de plus, les proches de la victime éprouvent un vif sentiment d'injustice.

Le président insiste :

« Vous parlez de l'accusé et de Nathalie comme d'une relation normale ?

– Oui, ils étaient fiancés », affirme Jacqueline.

De nouveaux cris se font entendre dans l'assistance.

« Silence ! exige le président. Madame, votre fils avait prémédité son acte, il le reconnaît lui-même. Étiez-vous au courant de son projet ?

– Il m'a simplement dit qu'il ne pouvait pas revenir tout de suite me voir, parce qu'il avait une affaire à régler. Vous savez, je suis bien triste parce que Nathalie était une bonne petite fille. »

Une bonne petite fille...

Je relis à plusieurs reprises le verbatim du témoignage de la mère de l'accusé, et ces mots viennent confirmer une évidence : malgré une taille et une corpulence au-dessus des normes de cet âge-là, c'est bien une enfant qui est morte.

Pas une jeune femme, pas une conjointe, comme tente de le justifier la défense d'Alfred.

On voit là aussi le chemin qui a été parcouru en quatre décennies. Aujourd'hui, la même affaire, les mêmes circonstances auraient probablement un écho national et provoqueraient une énorme émotion dans le pays.

Mais en 1987, en province (maintenant, on dit « en région »), on est plus partagé.

Maître Quatravaux, l'avocat d'Alfred, a donc une idée en tête : instiller de la pitié chez les jurés, et un soupçon sur les intentions de la victime, pour arracher les circonstances atténuantes et une peine de prison comprise entre douze et quinze ans. Loin, très loin de la perpétuité risquée par son client.

Les minutes passent et Alfred a fini par se détendre un peu, il commence à répondre aux questions du président, qui fait preuve d'une patience et d'une humanité exceptionnelles.

Même si ses formules sont souvent déroutantes.

« Monsieur V., diriez-vous que vous aviez besoin d'une femme ?

– Oui, sans doute.

– Mais cette différence d'âge, ça ne vous dérangeait pas, vous pensiez vraiment faire votre vie avec cette très jeune fille ?

– Au début, tout allait bien, j'avais des projets de mariage.

– Vous en aviez parlé avec son père ?

– Oh non, surtout pas, elle en avait peur. »

Une fois de plus, la salle réagit, et l'on s'indigne au sein de la famille Fauvel.

Le président exige le silence, il sent qu'Alfred va enfin parler, que cet interrogatoire agit comme une libération.

« Est-ce que vous buvez beaucoup, monsieur V. ?

– Je bois par périodes, mais pas tout le temps. C'est pour me détendre, et me donner des forces.

– Vous avez eu d'autres relations amoureuses avant Nathalie ? »

L'accusé baisse la tête, prend une longue respiration, puis s'approchant du micro déclare :

« Je n'avais jamais connu l'amour, les filles me faisaient peur. »

Mais pas Nathalie.

Forcément, c'était une enfant.

La déclaration d'Alfred est à double tranchant pour maître Quatravaux, qui marche sur des œufs avec cet accusé, aussi fragile que déterminé.

Cependant, avant sa plaidoirie qui sera décisive, c'est l'avocat des parties civiles, donc de la famille de Nathalie, qui s'avance à la barre.

Maître Bernard Anger dénonce un implacable engrenage.

Et insiste auprès des jurés, en les fixant dans les yeux, sur « la détermination totale, irréversible, le sang-froid, la lucidité, la minutie de la préparation du crime ».

Regardant désormais Alfred, et en élevant la voix, ce qui donne une soudaine gravité à sa déclaration, l'avocat ose une comparaison qui ébranle le public :

« Alfred V., vous avez tué Nathalie comme on brise un jouet, quand on ne peut plus s'en servir, pour qu'il n'appartienne à personne d'autre. »

Un silence s'installe dans la salle d'audience.

L'accusé n'a pas levé les yeux.

À l'époque, la punchline de maître Anger, au mieux, fait mouche et émeut un peu plus le jury, au pire, passe pour un effet de manche un peu raté.

Pourtant, c'est bien le seul moment dans ce procès où l'idée de féminicide apparaît.

Nathalie a été assassinée parce que, au fond, son bourreau la considérait comme un objet. Que l'on peut casser ou jeter. C'est toute la différence avec les autres meurtres, dont les mobiles peuvent être la vengeance, le règlement de comptes, l'appât du gain ou une quelconque idéologie.

Nathalie est morte parce qu'Alfred considérait qu'en tant qu'homme il avait le droit de vie ou de mort sur elle.

Cet argument majeur n'aura malheureusement aucun effet dans ce procès.

Voici maintenant l'avocat général Bessière qui démarre son réquisitoire. Il rappelle les faits dans toute leur violence et leur absurdité. Il s'arrête au bout de quelques minutes pour marteler les mots d'Alfred :

« J'avais décidé de la tuer. »

Tout est là selon le magistrat, la préméditation est l'aspect le plus aggravant et le plus impardonnable de cette affaire.

« Monsieur V., vous n'êtes pas un meurtrier d'occasion, qui agit sous le coup d'une colère subite. »

Détachant ses mots, il ajoute :

« Vous êtes un assassin. »

Pire, il évoque « une implacable méchanceté, une opiniâtreté, un acharnement » qui font froid dans le dos.

Le procureur pilonne l'accusé et finit par porter l'estocade en insistant sur ce moment insupportable où Nathalie vit ses derniers instants :

« Elle vous supplie à genoux de ne pas la tuer et vous n'avez face à elle que de l'indifférence. »

Que dire enfin, conclut-il, de ce « cynisme quand vous rencontrez le père de la victime, et que vous n'avez pas la moindre seconde d'humanité face à un homme qui vient de perdre ce qu'il avait de plus cher. Comment osez-vous lui dire cette phrase qui le crucifie et le hantera jusqu'à la fin de ces jours : ta fille, je l'ai dézinguée ? »

La voix de l'avocat général Bessière tonne dans le tribunal. Le magistrat, rompu à cet exercice oratoire, laisse maintenant s'installer le silence, pour donner encore plus d'intensité dramatique à sa tirade. Puis, il retourne à sa place et prononce sa conclusion, comme on abat ses dernières cartes :

« La responsabilité de monsieur V. est entière, cette enfant est morte parce qu'elle voulait mettre fin à une amourette. Quelle tristesse... »

Dans un souffle, il réclame enfin dix-huit à vingt ans de réclusion criminelle contre Alfred V.

Pourquoi pas davantage ? Pourquoi pas la perpétuité ?

Je m'interroge aujourd'hui sur cette réquisition certes sévère, mais loin de la peine maximale, à savoir la perpétuité. La reconnaissance des faits, même si elle était difficile à nier, a-t-elle joué ?

Ou bien était-ce l'époque, tout simplement ?

Nous sommes au cœur des années 1980, les lois Badinter ont profondément modifié la politique pénale en France.

Difficile de répondre à cette équation.

Le procureur a peut-être tout simplement estimé que le verdict suivrait en toute logique ses recommandations, et que personne ne viendrait troubler cet ordre établi.

« Nathalie a ouvert une fenêtre »

C'était sans compter maître Marcel Quatravaux. Il a été commis d'office, comme on dit, et très vite il s'est passionné pour ce dossier.

Avec sa carrure de rugbyman, un mètre quatre-vingts pour quatre-vingts kilos, ses cheveux mi-longs et ses lunettes en écaille, l'avocat d'Alfred s'impose dès le début de sa plaidoirie.

C'est un excellent orateur, il capte immédiatement l'attention des jurés.

Sa tactique de défense est habile : à aucun moment il ne va s'intéresser aux faits.

Les coups de couteau, le sang, le lieu du crime, une cour d'école, tout cela disparaît subitement.

Maître Quatravaux raconte avec émotion l'histoire du petit Alfred, cet enfant détruit par la découverte du corps de son père suicidé.

« Un garçon qui, depuis, porte la croix de la solitude », s'exclame-t-il. Puis, il décrit l'adolescent fragile, l'adulte paumé, dans un quartier miséreux du Nord.

Une vie de frustrations, d'échecs, à la Zola, dont le récit fait mouche auprès du jury :

« Dites-vous bien, mesdames et messieurs les jurés, qu'une chape de plomb s'est abattue progressivement sur ce pauvre garçon. »

L'avocat s'est rapproché de ces femmes et ces hommes qui ont la vie d'Alfred entre leurs mains :

« Vous allez juger un être humain qui a souffert de coups psychologiques plus difficiles à surmonter que des coups visibles à l'œil nu. »

Lentement mais sûrement, maître Quatravaux infuse l'idée qu'Alfred est lui aussi une victime.

Avec autorité, et au risque de choquer la famille de Nathalie, il assène ses mots :

« Oui, ce drame est terrible car ce sont deux vies qui ont été brisées. »

Deux vies.

Après quelques recherches, je retrouve la trace de l'avocat qui, ce jour-là, évite le pire à Alfred V.

Au téléphone, Marcel Quatravaux, soixante-seize ans, n'a rien perdu de son éloquence.

Mais sa mémoire lui fait défaut.

« J'ai dû participer à plus de cent vingt procès d'assises », me dit-il comme pour s'excuser.

« Je ne me souviens pas vraiment des noms, mais l'affaire me dit quelque chose, et je crois me rappeler ce que j'ai dit aux jurés. »

L'avocat, à la retraite depuis une dizaine d'années, m'explique qu'il croit à la rédemption. Et que son métier, c'est d'abord de raconter la vie des gens.

À peine diplômé, il a été marqué par le livre d'un psychiatre expert auprès des tribunaux, un certain Yves Roumajon. Le titre de l'ouvrage deviendra son mantra : *Ils ne sont pas nés délinquants.*

Voilà pourquoi l'essentiel de sa plaidoirie a tourné autour de l'adolescence d'Alfred, ce moment où l'on se construit, et qui n'a été pour lui qu'une succession de catastrophes.

« J'ai toujours essayé d'être le porte-parole de l'accusé, quel que soit l'acte qu'il avait commis. »

Certes, tout homme doit être défendu, c'est le principe même de la justice, mais quelque chose me dérange dans cette affaire : l'absence totale de remords d'Alfred. J'interroge maître Quatravaux sur ce point essentiel, qui a d'ailleurs sûrement été un handicap pour sa défense, et voici ce qu'il me répond :

« Quand on a commis l'horreur, l'épouvantable, il faut du temps pour l'accepter et même le comprendre. L'assassin est souvent dans une forme de déni. Il se convainc lui-même d'avoir eu raison. Trouver une justification à son crime, c'est ce qui le maintient en vie. Sinon, on se suicide. »

Et la victime dans tout ça ? Ses proches ? Ceux qui restent ? N'ont-ils pas besoin de compassion, et de réparation ?

L'avocat retraité balaye l'argument :

« C'est une illusion. Il n'y a aucune compensation pour la famille, à la hauteur d'un drame aussi sanglant. »

Maître Quatravaux vit sa plaidoirie, comme on dispute un match.

« C'est un sport de combat », me dit-il.

D'ailleurs, il lui est régulièrement arrivé de finir son intervention trempé de sueur, tel un boxeur qui descend du ring.

À cet instant du procès, il sait que, pour convaincre les jurés, il doit insister sur la fragilité psychologique d'Alfred, et en même temps prouver que Nathalie a, bien malgré elle, joué d'une forme d'ambiguïté.

Pour cela, il trouve une image toute simple, mais diablement efficace :

« En rencontrant Nathalie, Alfred a ouvert une fenêtre, et vu pour la première fois de sa vie un coin de ciel bleu. Hélas, le ciel s'est couvert, et Nathalie a refermé brutalement cette fenêtre ».

C'est incontestablement le tournant du procès.

Pour la famille de la victime, l'accusation à peine voilée est insupportable.

L'audience de la matinée s'achève, déjà. Il est un peu plus de 13 h 30 ce mercredi, la salle se vide.

La famille de Nathalie se réfugie dans un petit bistrot à quelques mètres du palais de justice.

On ne se dit pas grand-chose, car le moment de vérité arrive : quelle peine pour Alfred ?

Nelly se souvient qu'elle n'avait pas eu le temps de finir son repas. Un greffier entre dans le restaurant, cherche les parties civiles et leur demande de venir le plus vite possible. L'audience reprend.

Le président de la cour d'assises demande à l'accusé s'il veut dire un dernier mot. Une fois encore, il reste comme prostré et ne fait que bredouiller les banalités prononcées depuis le début de la matinée.

Tout a été plié en six heures, à peine. L'affaire a été expédiée. Difficile d'imaginer aujourd'hui une telle rapidité, quand on voit que le procès de Jonathann Daval, reconnu coupable du meurtre de sa femme Alexia, a duré six jours en 2020.

Les jurés se retirent pour déliberer.

La discussion va durer une heure. Pas plus. Comme si l'évidence s'imposait dans ce dossier. Il est temps de passer au verdict.

On regagne la cour d'assises. Il est 17 h 30.

Le président prononce la phrase rituelle :

« Accusé, levez-vous. »

Puis, laconiquement, il lit la sentence des jurés :

« L'accusé est-il coupable d'avoir volontairement donné la mort à Nathalie Fauvel ? Oui, à la majorité de huit voix, au moins. L'accusé avait-il, avant l'action, formé le dessein d'attenter à la vie de Nathalie Fauvel ? Oui, à la majorité de huit voix, au moins. Existe-t-il des circonstances atténuantes en faveur de l'accusé ? Oui. »

« Par conséquent, la cour vous condamne à quinze années de réclusion criminelle. »

Quinze ans.

Dans le public, on se regarde, incrédules.

Quinze ans.

Pour dix coups de couteau.

Pour avoir arraché la vie à une adolescente.

Pour avoir brisé une famille.

Quinze ans. Seulement ! Les proches de Nathalie en ont le soufflé coupé. Très vite, on calcule, déjà trois années de détention provisoire, avec les remises de peine, cela signifie qu'il sera sorti dans moins d'une décennie.

Alfred n'a quasiment pas réagi, il quitte déjà le box, entouré par des gendarmes, il sera à nouveau en prison ce soir.

Pour la famille de Nathalie, le cauchemar continue.

Quinze ans. Et pourquoi pas quatorze ? L'âge de la victime. Les jurés n'ont heureusement pas eu cette ironie cruelle.

Quarante ans plus tard, j'interroge maître Quatravaux sur ce verdict relativement clément.

« Honnêtement, vous pensez que la justice rendrait le même verdict aujourd'hui ?

– Non, évidemment, la société a évolué. Elle ne tolérerait pas une peine aussi faible mais, vous savez, ces histoires de féminicides ont toujours existé, c'est le phénomène MeToo qui a changé notre perception de ces affaires. »

Voilà, c'est fini.

En 1987, on ne peut pas faire appel d'un procès aux assises. Il faudra attendre l'an 2000 pour que la loi change.

Le lendemain, le jeudi 24 septembre, *Paris-Normandie* consacre un long article au procès.

Le journaliste Jean-Pierre Carpentier écrit dans son « chapeau », qui sert d'introduction, les mots suivants :

« Un homme célibataire de trente ans qui assassine une fillette de seize ans sa cadette par simple déception amoureuse a déjà quelque chose d'injuste. Lorsque les circonstances du drame font apparaître une sorte de carnage, on ne sait plus très bien si l'être humain mérite encore son nom. »

« Chère Nelly »

Ce lundi de novembre 1984, Nelly entend le facteur déposer du courrier dans la boîte aux lettres. Nathalie est morte depuis trois semaines, à peine. Elle sort du pavillon, il fait froid. Sans s'attarder, elle récupère quelques prospectus, des factures et… une lettre avec le tampon du ministère de la Justice.

Cette missive vient de la prison de Dieppe.

Elle déchire l'enveloppe, et découvre, stupéfaite, les mots d'Alfred, l'assassin de sa fille.

Nelly est sous le choc, elle s'assoit car elle manque de se trouver mal.

Reprenant ses esprits, elle commence la lecture d'une lettre surréaliste.

« *Chère Nelly,*

Il est peut-être indécent de vous écrire en pareille circonstance mais j'ai cru bon de le faire. Je ne sais pas non plus si vous lirez ma lettre et si vous me répondrez.

J'ai tué Nathalie pourtant je l'aimais mais j'ai eu peur de la perdre et je n'ai jamais pu connaître ses véritables sentiments à mon égard.

Avant de la tuer, elle m'a dit qu'elle m'aimait et qu'elle voulait revenir dans le Nord avec moi, mais je ne l'ai pas crue, elle était tellement menteuse et tellement peu expressive.

Pourquoi ce drame ? Je n'arrive pas à m'expliquer, notamment sur mon geste.

Aujourd'hui, j'ai du mal à expliquer beaucoup de choses et j'ai tout perdu, mon emploi, mon studio, mes meubles, mais malheureusement il me reste la vie.

J'aurais voulu mourir, mais la dose de cachets n'était pas assez forte, et j'ai eu la douloureuse surprise de me réveiller le lendemain.

Aujourd'hui, je suis en prison, j'aurais préféré la mort plutôt que le déshonneur.

Ma mère m'a en partie pardonné, elle fait tout pour moi, elle a peur, elle me rassure mais je sens bien comment cela va se terminer. Je ne tiendrai pas le coup longtemps.

Un an et demi de procédure, c'est long, plus la peine ensuite.

Il me faudra avoir les nerfs solides.

Je suis sincèrement désolé pour la mort de Nathalie, si je pouvais revenir en arrière et essayer de comprendre.

Aujourd'hui, je pense encore à elle, et à vous tous, à votre douleur, croyez-moi sincère, je vous aimais bien tout le monde et j'ai tout gâché.

Qui est responsable ?

La médecine qui n'a jamais su guérir mes états dépressifs, l'alcool, l'indifférence ou l'égoïsme, je n'en sais rien.

Je ne sais pas si je vais avoir de vos nouvelles, mais je vous prie de croire à ma profonde considération.

Je partage votre douleur, mais n'ayez pas de haine envers moi.

Comprenez-moi et si quelqu'un pouvait m'aider à mourir.

Merci.

Alfred »

Il faut de longues secondes à Nelly pour reprendre ses esprits.

Que répondre à ça ?

Rien.

Il y aura d'autres lettres.

Toujours sans réponse.

Alfred V. a été lourdement condamné à des indemnisations, à l'issue de son procès.

On appelle cela le préjudice matériel et moral.

150 000 francs pour chaque parent (l'équivalent de 25 000 euros).

30 000 francs pour chaque enfant, les frères et sœurs de Nathalie.

Des sommes que les Fauvel n'ont jamais perçues.

Pour toutes les « Nathalie »

Juillet 2025, je compose un numéro sur mon téléphone.

Ça sonne.

Une fois, deux fois, trois fois.

Une voix masculine finit par répondre.

« Allô, oui ?

– Bonjour monsieur, vous êtes bien Alfred V. ?

– Oui. Qu'est-ce que vous voulez ?

– Je suis journaliste, je m'appelle Bruce Toussaint et j'écris un livre sur le meurtre que vous avez commis en 1984.

– … »

Cent fois j'ai imaginé ce dialogue, un peu à la manière de ces interviews-confessions que j'ai souvent menées dans mon parcours télévisuel. Avec Nicolas Hulot, quittant définitivement la vie publique à la suite d'accusations de viol et d'agressions sexuelles, avec Bernard Tapie, quelques mois avant sa mort, avec Édouard Philippe, qui évoquait pour la première fois cette alopécie qui faisait tant parler, avec des présidents, des Premiers ministres. Mais cette fois, ce n'est pas une émission de télévision. Aucun projecteur, aucune caméra. Juste le destin fracassé de deux familles. Alors, que dire à cet homme ? Quelles questions lui poser ? Et dans quel but ? Lui arracher des explications, des regrets, comme on tente d'obtenir une déclaration choc, un scoop. J'ai toujours voulu donner la parole à celles et ceux qui sont mis en cause. Mais dans ce cas précis, il aurait fallu qu'après la conversation, sans doute houleuse, voire violente et menaçante, j'appelle la maman de Nathalie pour lui dire que je venais de parler à l'assassin de sa fille. Je me suis mis quelques instants à sa place, et cela m'a paru insupportable.

Donc, cet appel n'aura jamais lieu.

Après des mois d'enquête et de réflexion, j'ai pris la décision de ne pas contacter directement l'homme qui a assassiné ma cousine, qui est toujours en vie, au moment où j'écris ces lignes.

Mes investigations m'ont mené à certains de ses proches, qui m'ont renseigné sur sa situation, son état de santé.

Une instruction a eu lieu, pendant plus de deux ans. Des dizaines de témoins ont été auditionnés, des experts ont été mandatés, et surtout un procès s'est tenu.

La justice est passée.

Et elle lui a longuement donné l'occasion de s'expliquer.

Pour ma part, je n'avais qu'un seul but : prendre la défense de celle qui n'était plus là pour s'exprimer.

Ce livre, je l'ai écrit pour toutes les Nathalie, toutes les victimes oubliées, mais aussi pour ma famille, pour mes parents, qui ne sont plus là, et qui me manquent tant.

Je ne crois pas à l'au-delà, mais si, un instant, je me force à imaginer qu'il existe un ailleurs, qu'ils sont ensemble et, peut-être, pas très loin de Nathalie, alors oui, s'il vous plaît, dites-lui que je pense à elle.

REMERCIEMENTS

Je tiens à remercier chaleureusement la maman de Nathalie, Nelly Fauvel, qui par son témoignage et sa confiance m'a donné l'autorisation d'écrire ce livre.

Catherine et Richard Toussaint, ma tante et mon oncle, qui m'ont guidé dans ce voyage dans le temps.

Manuel Carcassonne et Paloma Grossi, des éditions Stock, pour leur écoute, leur bienveillance et leur lecture attentive.

Mon ami Guy Birenbaum, pour son aide et ses encouragements.

Maître François Pinatel, qui a su me sortir des méandres de l'administration pour obtenir des documents essentiels.

La rédaction des *Informations dieppoises* dirigée par Maria Da Silva.

Marie-Christine Hubert, la directrice des archives départementales de Seine-Maritime.

Et bien sûr ma femme Catherine, dont la sensibilité et le talent de journaliste littéraire m'ont une fois de plus été extrêmement précieux dans cette aventure. Ainsi que mes enfants Lola et Noé, pour leur soutien, et leur regard sur une société qui ne cesse d'évoluer, notamment sur ces questions essentielles des rapports entre les femmes et les hommes.

Cet ouvrage a été composé
par PCA
et achevé d'imprimer sur Roto-Page en septembre 2025
par l'Imprimerie Floch à Mayenne,
pour le compte des Éditions Stock
21, rue du Montparnasse, 75006 Paris
stock@editions-stock.fr

PAPIER CERTIFIÉ

Stock s'engage pour l'environnement en réduisant l'empreinte carbone de ses livres. Celle de cet exemplaire est de :
300 g éq. CO_2
Rendez-vous sur
www.editions-stock-durable.fr

Imprimé en France

Dépôt légal : octobre 2025
N° d'éditeur : 01 – N° d'impression : 107697
28-51-8670/4